시 없는 삶

시 없는 삶

페터 한트케 지음
조원규 옮김

"– 그리고 떨리는 이 순간에 날짜를 가리키는 내 시곗바늘이 틱 소리를 내고..."

"...자네의 외부세계와 내부세계는 마치 두 개의 조개껍질처럼 자네를 가둔 채 다물려 있으니까..."

"아무런 대답이 없고 여관은 정적에 잠겼는데 – 온 방 안이 달빛으로 가득했다 –... "

장 파울

• 일러두기

1. 이 책은 2007년에 출간된 Peter Handke의 《Leben ohne Poesie》(Suhrkamp Verlag)를 우리말로 옮긴 것이다.
2. 원저자와 주어캄프 출판사의 뜻에 따라 각주와 별도의 해설을 붙이지 않았으나, 불가피하여 예외적으로 붙인 주는 모두 옮긴이의 것이다.
3. 맞춤법과 외래어 표기는 〈한글맞춤법 규정〉과 《표준국어대사전》을 따랐다.
4. 저자의 표현을 살리기 위해 원문의 문장 부호를 그대로 실었다.

차례

내부세계의 외부세계의 내부세계

1. 새로운 경험

1966년

바이로이트

「트리스탄과 이졸데」 공연 시작 전

나는 주차장에서

처음으로

동전 한 개를

무인주차기에 집어넣었다.

내게는 새로운 경험,

새로운 경험을 할 때면

사람들이 자랑스러워하듯이

나도 새로운 경험이

자랑스러웠다;

생각해보았지:

"언제 처음으로 내가

내 손으로 직접 문을 닫았지?

그리고

어디서 처음으로

개미가 든 빵을 그대로 먹었는지?
또 어떤 상황에서 나는
처음으로 김이
나는 걸 보았고,

어디서 처음으로
셀로판 봉지를 쓰고 숨이 막혔더라?
언제 처음으로 나는 편지를
속달로 부쳐보았나?"

몇 년도였지?

한번은
처음으로 낯선
공간에서
잠이 깨었고
그때 나는 처음으로
내가 어떤 공간 속에 있다고 느꼈다.
어디였는지?

한번은
누군가

"서둘러, 어서!"라고
길 건너 자신에게로
나를 불렀는데,
"그래! 그래!"
대답하며 달려서
도달한 나는
도달하기에 앞서
내가 달렸단 사실을
처음으로 깨달았다.

1948년
바이에른과 오스트리아 접경
바이에리쉬 – 그마인 지역의
"몇 번지 어떤 집에서였는지"
나는 보았다
꽃들 너머
침상 위
시트 밑에
한 사람이 죽어 있는 것을
처음으로.

훗날

"언제였던지?"
오스트리아에서
"어떤 정황에선가?"
모르겠지만,
한번은 내가 엄마를
올려다보는데,
약간 떨어져서
"얼마나 멀찍이?
내게서 좀 떨어진
테이블에 서서
엄마는 다림질을
하고 계셨고
내가 거기서 엄마를
보았기 때문에
처음으로
부끄러움이
나를 덮쳤다.
그래서 테이블까지
거리는
부끄러운 거리가 되었고.

1952년

여름

내가

(돌아가신 할머니의 장례식장에 있다가

조문객이 깜빡 잊고 간 담배를 가져오도록

집으로 보내졌을 때)

고인이

사흘 동안

입관되어 있던

텅 비고

적막한

공간에

들어서서

꽃병에서

흘러나온

바닥에 고인

지저분한 물기 조금

말고는 아무것도

보이지 않았을 때,

나는

생전

처음으로

죽음에 대해

공포를 느꼈다

그런데

사람들이 말하길

죽음의 공포를 느끼면

등에 소름이 끼친다고

했었기 때문에

나는

사람들이 하던

그 말을 방패삼아서

죽음의 공포에

한 번 더

맞설 수 있었다.

훗날

나는

(**위험한** 정신이상자에 대한 얘기를 늘상 듣다가)

처음으로

위험하지 **않은** 정신이상자를 보았다.

그로스글로크너 - 호흐알펜 고산도로에서

처음으로

코카콜라를

눈 위에 쏟았고

영화에서

외팔이인 사람이

손들어! 라는 명령에

손을

드는 것을

보았다.

나는

처음으로

쇼윈도의 인형이 안경 쓴 것을

보았고

나는

(말을 해야 하는데)

처음으로

누구에게도

할 말이 없었다.

이제 나는 묻는다.

언제 나는 처음으로 들어보게 될까

죽을 때도 우산을 지니고 갈 수 있었던 사람 얘기를?

오늘

(나는 마치 처음인 **것처럼** 본다고 해야겠지만)

나는 본다

처음이 **아니다**

상층부의 우두머리가

우두머리로 대표되는 자들을

추적하는

어떤 장면을

나는 읽는다

처음이 **아니다**

두들겨 맞은 적이 없다고

말할 준비가 될 때까지

누군가 두들겨 맞았다는 것을

그러나

정말 처음으로

오늘 나는 본다

내가 사는 거리

로얄 호텔 앞

보도에

커다란 발깔개가 놓여 있었다

그리고 며칠 전

처음으로

에스컬레이터의 내부를 보았고

처음으로

어느 국왕의

손아귀에서

막 낚은 물고기를

보았다

처음으로

처음으로

트랜스유럽 익스프레스 열차에서

찻잔에 담긴

커피가

왈칵

하얀 테이블보 위로

쏟아지는 것을

보았다.

2. 시간이라는 말

시간은 명사이다. 명사엔 과거, 현재, 미래가 없다.
시간은 명사이므로, 시간엔 과거, 현재, 미래가 없다.

명사에 과거, 현재, 미래가 없는 것처럼, 명사에는 수동형도
없다. 시간은 명사이다. 시간이 명사이기 때문에, 시간에는
수동형이 없다.
수동형은 명사이다. 명사엔 수동형이 없다. 수동형이 명사
이기 때문에, 수동형엔 수동형이 없다. 같은 이유로 수동형
엔 과거, 현재, 미래가 없다.

명사에 과거, 현재, 미래가 없고, 수동형도 없듯이, 명사엔
가정형도 없다. 시간은 명사이다. 시간이 명사이기 때문에,
시간에는 가정형이 없다.
가정형은 명사이다. 명사에는 가정형이 없다. 가정형이 명
사이기 때문에, 가정형에는 가정형이 없다. 같은 이유로 수
동형에는 가정형이 없다.

명사에는 과거, 현재, 미래가 없고, 수동형도, 가정형도 없
는 것처럼, 명사에는 인칭이 없다. 시간은 명사이다. 시간이

명사이기 때문에, 시간에는 인칭이 없다.

인칭은 명사이다. 명사에는 인칭이 없다. 인칭이 명사이기 때문에, 인칭에는 인칭이 없다. 같은 이유로 인칭에는 과거, 현재, 미래가 없다.

명사에는 수동형이 없다. 인칭은 명사이다. 인칭이 명사이기 때문에, 인칭에는 수동형이 없다. 같은 이유로 수동형에는 인칭이 없다.

명사에는 가정형이 없다. 인칭은 명사이다. 인칭이 명사이기 때문에, 인칭에는 가정형이 없다. 같은 이유로 가정형에는 인칭이 없다.

명사와는 반대로 동사에는 수동형과 가정형과 인칭과 과거, 현재, 미래가 있다. 동사는 명사이다. 그런데 명사엔 동사와 반대로 수동형도 가정형도 인칭도 과거, 현재, 미래도 없다. 따라서 동사에도 역시 과거, 현재, 미래가 없다.

3. 열차안내

"슈토크로 갑니다."

장거리 특급열차로 6시 2분에 출발하십시오.

열차는 8시 51분에 알스트에 도착합니다.

거기서 타이스트 방향 급행열차로 갈아타십시오.

열차는 알스트에서 9시 17분에 출발합니다.

타이스트에 도착하기 전 벤츠에서 하차하십시오.

벤츠에 도착하는 시각은 10시 33분입니다.

벤츠에서 뵈쎈 방향 복합열차의, 아이파행 급행열차에 환승하십시오.

아이파행 급행열차는 10시 38분에 출발합니다.

복합열차는 아프라트에 도착해 연결을 풀고

우흐테 - 알젠츠행 특급열차와 연결됩니다.

열차는 아프라트에서 12시 12분에 출발합니다.

에멘서부터 열차는 완행으로 운행됩니다.

뵈쎈에 도착하기 전 블렉마르에서 환승하십시오.

열차는 13시 14분에 블렉마르에 도착합니다.

블렉마르에서 15시 23분까지 주변을 둘러보실 수 있습니다.

15시 23분에 블렉마르에서 쉬이 방향 완행열차가 출발합니다.

(이 열차는 12월 24/25일에는 운행하지 않고 1등칸은 일요일에만 운영합니다.)

쉬이 남부에 도착하는 시각은 16시 59분입니다.

쉬이 북부로 가는 페리호는 17시 5분에 출발합니다.

(폭풍이나 안개 등 예상치 못한 사태가 발생할 시에는 운행이 중단됩니다.)

쉬이 북부에 도착하는 시각은 17시 20분입니다.

쉬이 북부역에서 17시 24분에 잔트플라켄 방향 보통열차가 출발합니다.

(이 열차는 2등칸만 있으며, 평일과 영업하는 토요일에만 운행합니다.)

무르나우에서 하차하십시오.

무르나우에 도착하는 시각은 대략 19시 30분입니다.

하차한 플랫폼에서 21시 12분에 휘첼 방향 보통화물열차가 출발합니다.

(무르나우역에는 한 개의 대합실이 있습니다.)

휘첼에 도착하는 시각은 22시 33분입니다. (도착시각은 사정에 따라 달라질 수 있습니다.)

휘첼에서 크륀 구간 보통열차가 운행 중단되었으므로

역 앞에 대기중인 철도버스에 승차하십시오. (사정에 따라 달라질 수 있습니다.)

1시에 파흐에서 하차하십시오.

파흐 시내버스 첫 차는 6시 15분에 출발합니다.

(파흐에는 렌트카가 없습니다.)

아이잘에 도착하는 시각은 8시 9분입니다.

아이잘에서 바이덴으로 8시 10분에 출발하는 버스는 방학 기간에는 운행하지 않습니다.

바이덴에 도착하는 시각은 8시 50분입니다.

바이덴에서 출발, 묄렌 포르스트 올레를 거쳐 슈라이까지 운행하는 개인회사 버스는 13시에 출발합니다.

(버스는 승객의 요구가 있을 때만 올레와 슈라이까지 운행합니다.)

슈라이에 도착하는 시각은 14시 50분입니다.

비슷한 시각에 슈라이에서 트롬페트까지 가는 우유배달차가 있는데, 필요시에 승객을 태우기도 합니다. 트롬페트에는 16시 경에 도착하게 됩니다.

트롬페트에서 슈토크까지는 운행되는 차편이 없습니다.

도보로 당신이 슈토크에 도착하는 시각은 17시 30분입니다.

"겨울이라 벌써 날이 다시 어두운가요?"

"겨울이라 벌써 날이 다시 어둡습니다."

4. 광란질주를 위한 조언

우선 옥수수 밭을 통과해 뛸 것.
그 다음 빈 콘서트홀에서 좌석 사이를 달릴 것.

그 다음 국제경기가 끝난 후에 메인 출입구에서 경기장으
로 뒤돌아 돌진할 것.

당신은 거리를 걸을 때 **침착**할 수 있는가?
당신은 거리로 들어설 때 오직 자신의 **행동에 집중**할 수 있
는가?
결심이 선 다음엔 더 이상 **다른** 결정은 내리지 않을 수 있
는가?
더 이상 세세한 구분을 하지 않고 **움직임**만 생각하며, 더
이상 수평이 아니라 **수직**을, 인간적인 것이 아니라 **유연함**
만을 생각할 수 있는가?
당신은 **무엇이든** 할 수 있는가?

사람들은 어디에 모이나? – 사람들은 이미 사람들이 모인
곳으로 모인다.
사람들은 어디에 모이나? – 신문게시판 앞에.

사람들은 어디에 모이나? – 교통신호등 앞에.

사람들은 또 어디에 모이나? – 은행창구 앞.

또 어디에? – 작업 중인 쇼윈도 앞에.

또 어디에? –

두 마리 개가 서로 싸우는 곳에.

청소용 세제 판매원 앞에.

길가로 내려서는 호텔 문지기 앞에.

또 어디에?

갑자기 비가 내릴 때 차양 아래로.

비가 오기 시작한다. – 아직은 비가 너무 적게 온다.

어디로 향하려는가? – 우선 나는 과일 담긴 수레를 쓰러뜨려서, 아이들이 지나가다 마음껏 과일을 줍도록 한다.

그러고선? – 그 다음 나는 길 모서리에서 복음을 선포한 뒤, 사람들이 가던 길을 멈춰 서길 기다린다.

그런 다음엔? – 사람들이 두 줄로 긴 행렬을 이룰 때까지 기다린다.

그런 다음엔? – 나는 죽은 척했다가 사람들이 의사를 부르는 소리가 들리면 벌떡 일어선다.

그런 다음엔? – 나는 자동차에 얼마나 많은 사람이 들어가는지 내기를 건 다음, 차 속의 사람들이 쇼크 받을 때까지 기다린다.

그런 다음엔? - 나는 최대한 높은 빌딩의 1층에서 엘리베이터가 내려올 때까지 기다린다.

그런 다음엔? - 나는 응모자들이 어느 정도 모일 때까지 기다렸다가 진행자 역할을 맡겠다고 나선다.

그런 다음엔? - 그런 다음 나는 모든 응모자가 하나씩 상을 받는 현상공모를 발표한다. 그리고 첫 번째 응모자가 상을 받고 싶어서 나올 때까지 기다린다.

그런 다음엔? - 공중전화기로 간다.

그런 다음엔? - 시내 투어하는 곳으로.

그런 다음엔? - 백화점의 에스컬레이터로.

그런 다음엔? - 유령열차 타는 곳으로.

그런 다음엔? - 귀향열차들이 서는 곳으로.

그런 다음엔? - 전망대로 간다.

그런 다음엔? - 휴양지로.

그리고? - 간선도로로.

그리고? - 햇빛이 찬란한 날, 가장 깊은 갱도로.

그리고? - 마음 내키는 야외 소풍지로.

그리고? - 사무실 휴식시간대의 공원벤치로.

그런 다음엔? - 일 끝난 뒤 교외의 창문가로.

그럼 제일 먼저 할 것은? - 가장 먼저 나는 몇몇의 사람들에게 집중하면서 그 주위로 사람들이 충분히 모일 때까지 기다린다.

"그러니까 당신은 첫 번째 경악의 순간을 두 번째 경악의 순간을 마련하는 데 활용한다. 그리고 두 번째 경악의 순간으로 또 하나의 경악의 순간을 마련한다. 그렇게 당신은 스스로는 아무런 경악의 순간도 겪지 않으면서, 막 어떤 경악의 순간에서 회복되는 사람들보다, 당신이 마련하는 연이은 경악의 순간들만큼 번번이 앞서 있는 것이다. 사람들은 여전히 첫 번째 경악의 순간에서 회복되는 중이므로, 결국 경악의 순간들은 끝이 없게 된다."

어떻게 그렇지?

프로세스를 짧게 할 것. 불을 들고 머뭇거리지 말 것. 지워버릴 것. 해버리고 치워버릴 것. 그렇게 끝낼 것.

"누구도 가늠할 수 없도록, 셋까지도 헤아리지 못하게 할 것."

그럼 제일 나중에 할 것은?

마지막에는 한 사람을 남겨둘 것. 그가 나중에 전통을 이어갈 수 있도록.

5. 내가 그런 사람이 아닌 것은, 내게 없는 것은, 내가 하려 하지 않는 것은, 내가 원치 않는 것은 – 그리고 내가 원하는 것은, 내게 있는 것은, 내가 그러한 사람인 것은

(자전적 문장들)

내가 아닌 것은 :
나는 흥을 잘 깨는 사람이 아니고
나는 식성이 까다로운 사람이 아니며
나는 성정이 슬픈 사람이 아니다.

무엇보다, 그 다음엔 그리고 마지막으로 내가 아닌 것은 :
나는 무엇보다 몽상가가 아니고, 그 다음엔 은둔자가 아니며, 마지막으로는 상아탑 거주자가 아니다.

내가 정말 아닌 것은 :
나는 생각 없는 거수기가 아니다.

유감스럽지만 내가 아닌 것은 :
유감스럽지만 나는 영웅이 아니고
유감스럽지만 나는 백만장자가 아니다.

천만다행으로 내가 아닌 것은 :

나는 천만다행으로 자판기가 아니다.

나는 천만다행으로 사람들이 아무 짓이나 할 수 있는 사람이 아니다.

당연히 내가 아닌 것은:

나는 당연히 허수아비가 아니다.

나는 당연히 정신병원 간호사가 아니다.

나는 당연히 쓰레기장이 아니다.

나는 당연히 자선단체가 아니다.

나는 당연히 위로하는 사람이 아니다.

나는 당연히 금융기관이 아니다.

나는 당연히 당신들의 발깔개가 아니다.

나는 당연히 여행안내소가 아니다.

내가 그러면서도 또한 아닌 것은 :

나는 겁쟁이는 아니지만, 그렇다고 삶에 지친 자도 아니다.

나는 진보를 경멸하는 자는 아니지만, 그렇다고 새로운 것의 숭배자도 아니다.

나는 전쟁을 지지하는 자는 아니지만, 그렇다고 무조건 평화의 옹호자도 아니다.

나는 폭력을 숭배하는 자는 아니지만, 그렇다고 희생양도 아니다.

나는 암울한 비관론자는 아니지만, 그렇다고 천진한 유토
피아주의자도 아니다.

이편도, 저편도 내가 아닌 것은 :

나는 국수주의자도 아니고 무차별 평등주의자도 아니다.

나는 독재 옹호자도 아니고 잘못 이해된 민주주의의 방어
자도 아니다.

내가 갖지 않은 것은 :

내게는 상관없는 남들 일에 끼어들려는 의욕이 없다.

내가 하려고 하지 않는 것은 :

내가 하려고 하지 않는 것은 인기를 끄는 것이다.

내가 하려고 하지 않지만, 그러나 :

다 괜찮다고 말하려는 건 아니다. 그러나 –

내가 하려고 하지 않지만, 또한 다른 것도 아닌 :

내 장점들을 다 열거하려는 건 아니지만, 그러나 그릇된 방
식으로 겸손하려고 하지도 않는다.

내가 원치 않는 것은 :

내가 원치 않는 것은 가장 먼저 돌을 던지는 것이다.

내가 원하는 것은 :

내가 원하는 것은 우리가 사이좋게 지내는 것이다.

내가 하려고 하는 것은 :

나는 언제나 당신들에게 최선을 빌어주려고 한다.

내가 바랐던 것은 :

나는 언제나 최선의 것을 바랐다.

내가 가졌던 것은 :

예전에 나는 비슷한 견해를 가졌다.

내가 가진 것은 :

나는 개인적인 고민을 갖고 있다.

나의 입장이라면 :

나는 그것에 찬성이다.

내가 여전히 그러한 것은 :

나는 여전히 여기에 있다.

›

내가 종종 이러하지만, 그러다 다시 저러한 것은 :

나는 종종 이렇게는 더 이상 갈 수 없다고 생각하지만, 그
러다 다시 –

나는 :

나야!

6. 색채론

M. 지역에서 한 아이가 낯선 사람의 자동차로 끌려갔다가
나중에 망치로 머리를 얻어맞았다.

소년의 말에 따르면,
소년은 어떤 남자에 의해 녹색
자동차에 태워졌고 손잡이가 빨간
망치로 얻어맞았다. 화장실에 가기 위해 소년은 남자와
함께 어떤 가게에 들어갔는데, 그곳에 있던 남자 직원은
빨간
재킷과 거무스름한
바지를 입고 있었다고 한다. 그리고 화장실 입구엔 머
리가 하얀
여자가 앉아서 회색인지
갈색의
양말을 뜨개질하고 있었다.
남자는 분홍색
비누로 손을 씻었고,
가게 안에는 투명한
선반에 황금색

호두와 노란색

감자칩이 진열되어 있었다.

남자는 소년에게 노란

레모네이드를 사주고는 자동차 안에서

소년을 웃게 하려고

초록색

공기매트리스에 바람을 불어넣었으며 소년을 한 신축

건물로 데리고 가서

하얀

벽에 대고 상당히 오랫동안 오줌을 누었다.

남자는 은색

장식이 붙어 있고 테두리는 까만

모자를 썼다고 하며, 붉은색

집에서 손잡이가 빨간

망치를 들고 왔는데, 남자의 키는 무척 컸고

상당히 밝은 빛이 도는

두 눈으로 소년을 어둡게

바라보았다고 한다.

아리스토텔레스는 우리가 건강한 눈을 뜨고 아무런 물
체도 볼 수 없는 우리 주위 공간의 상태를 일러 암흑
이라 하였고, 괴테는 (말하길), 우리는 특별할 것 없는

평지라도 방금 풀을 벤 풀밭의 한결같은 초록을 흡족하
게 바라본다고 하였다, 그리고 숲도 상당한 거리를 두
었을 때 그 넓고 균일한 평면으로 우리 눈에 탐탁하게
느껴진다고 하였다.

남자는 소년에게 함께 두더지를 잡으러 풀밭으로 갈 거
라고, 총을 쏘아 토끼를 잡으러 숲으로 갈 거라고 약속
했다고, 소년은 말한다.
숲으로 가던 도중에 그 둘은 지붕물받이를 지나쳤는데,
그 아래 포장도로로는

                                                    검은색

이었고, 풀밭에 이르러 남자는

                                                    노란색

빗을 똑같은 노란색
비닐포장지에서 꺼내 머리를 귀 뒤로 넘겨 빗었고,
숲의 가장자리에는 봉오리가 상당히

                                                    검은

관목 한 그루가 서 있었다.
숲에서 남자는 나무의 구멍에 고인 보라색
물의 냄새를 맡아보라고 하고, 눈이 내렸기 때문에 나
무 아래에서 소년에게 색색깔의
성인聖人 그림책을 보여주었으며, 함께

　　　　　　　　　　　　　컴컴한

시냇물을 건너고, 수풀 속에서 배에 있는

　　　　　　　　　　　　　　　　붉은

흉터와 하얀색

장식용 손수건을, 그리고 부리가

　　　　　　　　　　　　　　　　　노란

새가 남긴 깃털을, 그리고 영롱한

머리핀과 어둠 속에서 빛이 나는

손목시계를 보여주었다고 한다.

남자가 붉은색

양말대님을 맨 것을, 소년은 남자가 쪼그리고 앉아 눈

에 얼룩이 묻은

손가락을 비벼 씻어낼 때마다 보았다고 한다.

소년은 신발을 잃어버렸다. 사이즈 28인 그 단화는 검은색

이다.

7.　단어의 가장자리 1

도시외곽 : 도시의 외곽

빙하끄트머리 : 빙하의 끄트머리

묘지가장자리 : 묘지의 가장자리

얼룩가장자리 : 얼룩의 가장자리

부고장의 검은 테두리 : 슬픔의 가장자리

8. 전도된 세계

잠들 때 내가 깨어난다:

내가 대상을 보는 게 아니라 대상이 나를 본다;

내가 움직이는 게 아니라 발밑의 바닥이 나를 움직인다;

내가 거울을 보는 게 아니라 거울 속의 내가 나를 본다;

내가 말을 하는 게 아니라 말이 나를 발음한다;

창문으로 가면 내가 열린다.

일어서면 내가 누워 있다:

내가 눈을 뜨는 게 아니라 눈이 나를 뜬다;

내가 소리를 듣는 게 아니라 소리가 내게 귀 기울인다;

내가 물을 삼키는 게 아니라 물이 나를 삼킨다;

내가 물건을 집는 게 아니라 물건이 나를 집는다;

내가 옷을 벗는 게 아니라 옷이 나를 벗는다;

내가 단어들을 말하는 게 아니라 단어들이 나를 말한다;

문으로 가자, 문고리가 나를 잡아 돌린다.

블라인드가 올려지면 밤이 된다,

공기를 들이마시려고 나는 물속에 잠수한다:

돌바닥을 딛고 발목까지 빠진다;

마차 끄는 말 위에 앉아 한 발을 다른 발 앞으로 내딛는다;

양산 쓴 여인을 보는데 내게는 밤에 잠잘 때 나는 땀이 난다;

내가 공기 중에 손을 뻗고 그 손에 불이 와 닿는다;

내가 사과를 집어 들고 한 입 깨물린다;

내가 맨발로 걷는데 신발에 닿는 돌바닥이 느껴진다;

상처에서 반창고를 떼어내자 상처는 반창고에 나 있다;

내가 신문을 샀는데 내가 넘겨진다;

어떤 사람을 크게 놀래키고 내가 더는 말을 못하게 된다;

나는 귀를 솜으로 틀어막고 고함을 지른다;

사이렌 소리가 들리는데 성체축일 행렬이 내 옆을 지나간다;

나는 우산을 펼치는데 발밑 마른 바닥이 뜨겁다;

나는 자유롭게 뛰어다니다 체포된다.

평지에 걸려 넘어진다,

입을 크게 벌린 채 대화를 나눈다,

쥔 주먹으로 긁는다,

호루라기를 물고 소리 내 웃는다,

머리카락에서 피가 난다,

신문을 펼치는데 숨이 막힌다,

향기로운 음식냄새에 구토한다,

미래에 관해 이야기한다,
요점을 말한다.
나를 내가 꿰뚫어본다,
죽은 자를 죽인다.

그리고 참새가 대포를 향해 발사한다;
그리고 절망한 자의 행복을 바라본다;
그리고 젖먹이가 소원을 말한다;
그리고 저녁에 우유배달원을 본다:

우편배달원은 어딨나요? 하고 편지가 묻는다;
그리고 설교자는? 흔들어 깨운다;
사형집행관은? 벽에 가서 선다;
어릿광대가? 관객에게 수류탄을 던진다;
살인은? 현장 검증 시에 비로소 발생한다.

그리고 장의사가 자신의 축구팀에게 분발을 요구한다.
그리고 국가원수가 빵집 견습생을 저격한다.
그리고 어느 거리의 명칭을 따라 군사령관의 이름을 짓는
다.
그리고 자연이 풍경화를 충실히 재현한다.
그리고 서 있는 교황에게 카운트를 센다.

그리고 들어보라! 시계가 시계 밖에서 간다!

그리고 보라! 타들어가는 초가 점점 길어진다!

그리고 들어보라! 악을 쓰는 속삭임!

그리고 보라! 바람이 불자 풀이 돌처럼 굳는다!

그리고 들어보라! 으르렁대며 부르는 민요!

그리고 보라! 치켜든 팔로 아래를 가리킨다!

그리고 들어보라! 물음표를 붙이는데 명령이 된다!

그리고 보라! 아사 직전의 비만!

그리고 맡아보라! 내리는 눈이 상했다.

그리고 아침이 저물고,

다리가 하나인 탁자가 놓여 있고,

난민이 느긋한 책상다리로 앉아 있고,

건물 꼭대기 층엔 지하철 정류장이 있다:

―――――――――――

들어봐요! 쥐죽은 듯 조용합니다! ― 영업시간이니까요!

―――――――――――

깨어날 때 나는 잠이 들고

견딜 수 없는 꿈으로부터 달콤한 현실로 도망치며

사람 살려요! 하고 명랑하게 흥얼거린다 —

들어봐요, 나는 입에 침이 흥건히 고인답니다: 나는 시체
한 구를 봅니다!

9. 리듬 앤드 블루스 텍스트

다 괜찮아.
그녀는 거리를 걷고 있네.
너 기분 괜찮니?
나는 집에 가고 싶어.

가까이 와!
난 집에 가려고 해.
다 정상이야.
그녀는 거리를 걸어 내려갔어.

난 기분 좋아.
난 이제 집에 가.
도망치지 마!
그녀는 거리를 걷고 있네.

아침 일찍 –
나는 집에 가.
그녀는 거리를 걸어 내려갔어.
난 기분이 나아지고 있어.

‚

그녀가 오고 있어!
서둘러!
날 집에 데려가 줘!

아침 일찍 –
가까이 와!
한밤중에 –

느낄 수 있어.
도망치지 마!
나 집에 가.

가까이 와!
우린 집에 있어.
느낄 수 있니?

한밤중에 –
오렴!

이리로 와.
서둘러!

아침 일찍 -
한밤중에!

느껴져?
서둘러!

해볼게.
한밤중에 -

느껴져?
오고 있어.
가까이 와!
해볼게!
느껴져?
서둘러!

해볼게!
느껴져?
해볼게!
느껴져?
느껴져?

›

오, 예.

10. 강물에 빠진 공에 관한 추상

어렸을 때 우리는 일요일 오후면 자주 강기슭에 앉아 들판 한가운데서 벌이는 축구경기를 구경하곤 했다. 우리 쪽으로 굴러온 공이 강물에 빠지면, 우리는 강물을 따라 달려가 긴 장대로 공을 건져냈다. 언제든 우리는 서두르지 않았는데, 공이 물에 빠지면 경기장 바깥에서 예비공이 즉시 경기장 안으로 던져졌기 때문이다. 우리는 강물에 공이 떠내려가는 속도로 따라 달렸고, 그러다가 둑에 다다르기 직전에 공을 건져냈다. 강은 대개 우리가 공을 따라 걸어도 될 만큼 고요했다. 하지만 한번은 홍수가 나서 우리는 달릴 수밖에 없었다.

———————————————

강가에 있는 축구장 가장자리에서 아이들은 축구경기 중에 공이 강물에 빠질 때마다, 경기장 중앙에서부터 공을 따라서 뛰다가 경기장이 끝나는 지점에서 공을 건져내며 재미를 맛보곤 한다. 어쩌다 강에 홍수가 나면, 아이들은 빠르게 달리는 수밖에 없다.

———————————————

아이들은 축구장의 하프라인에서 공이 강물에 빠질 때마다 공을 따라 뛴다. 축구장이 끝나는 지점에서야 아이들은 물에서 공을 건진다. 홍수가 나면 아이들은 매우 빠르게 달린다.

사람들이 축구장 하프라인부터 축구장 끝까지 경기장 바깥 강물에 떠내려가는 어떤 물체와 나란히 걷는다. 사람들이 축구장 끝에 다다르면, 심판은 하프타임 휘슬을 분다. 홍수가 나서 사람들이 달려야 할 때, 사람들은 하프타임 휘슬이 울리기 직전 물체와 나란히 경기장 끝에서 멈춰 선다.

어떤 사람이 축구장 가장자리에서 강물에 빠진 어떤 물체와 나란히 간다. 그는 경기장 중앙에서 전반전이 끝나기 전 마지막 30초 전에 출발한다. 그가 물체와 거의 똑같이 경기장 끝에 다다랐을 때, 심판이 하프타임 휘슬을 분다. 홍수 때 그는 하프타임 휘슬이 울리기 10초 전에 출발해서 휘슬이 울리기 1초 전에 물체와 나란히 경기장 끝에 다다른다.

어떤 사람이 경기장의 절반(경기장 길이 = 90미터)을 가는 데 걸리는 시간은 1분 30초이다. 그가 달려가면 같은 구간을 불과 9초 만에 갈 수 있다.

어떤 사람이 45미터를 가는 데 90초가 걸린다. 달리면 9초 만에 갈 수 있다.

90초 - 45m

1초 - 속도 x m

9초 - 45m

1초 - 속도 y m

90x = 45

9y = 45

$$x = \frac{45}{90}$$

$$y = \frac{45}{9}$$

$$x = \frac{1}{2}$$

y = 5

어렸을 때 우리는 일요일 오후면 경기장에서 강물로 공이
빠질 때 1초당 0.5미터의 속도로 공과 나란히 걸었다. 하
지만 한번은 홍수가 나서, 우리는 공이 둑을 넘어가기 전에

건지려고 1초당 5미터의 속도로 공과 나란히 달릴 수밖에
없었다.

11. 소유관계

나라는 말만으로 벌써 어려움이 생겨나기 시작한다.

몇몇의 남자들이
벌써 아까부터 샴페인 몇 병을 주문해두고 있었다;
한 여행자가
식당차에 갔다가 자기 칸막이 객실로 돌아온다;
100미터 달리기 주자들이
부정출발 때문에 다시 출발선으로 돌아와 모인다;
전쟁부상자가
기차역 개찰구에서 차표에 구멍을 낸다:

우리 샴페인은 어디에 있소? 남자들이 **자기들의** 샴페인 없
이 곁을 지나치는 급사를 향해 외친다;
여기 내 자린데요! 여행자가 **자기** 자리를 차지하고 앉은 다
른 여행자에게 외친다;
내 라인으로 넘어오지 마! 100미터 주자가 신발 끝으로 자
기 구분선을 넘어온 다른 100미터 주자에게 외친다;
내 긍지를 도둑맞을 순 없어! 전쟁부상자가 개찰구 업무를
조롱하면서 **그의** 긍지를 앗아가려는 취객에게 고함을 친

다:

나의 :

그의 신하들에 대한 지배자의 지상명령

그들의 지배자에 대한 신하들의 감사의 말

도난당한 사람의 고소 가능성

도둑질한 사람의 변호 가능성

더는 의식이 불명인 사람에 대한 구조 가능성

의식이 또렷한 사람의 확증 가능성

나의 시간이었다! 정치인이 그의 회고록에 쓴다;

내 사진이네! 처음으로 사진을 찍혀본 사람이 놀라 외친다;

내 환자는 유동식을 먹을 수 있었습니다! 환자에게 다시 희

망이 생기자 의사가 알려준다;

이것은 나의 산이다! 첫 등반자는 산 정상의 눈에다 국기를

꽂은 다음, 그렇게 일기에 써넣는다;

내 일본인은 어디 있나요? 그 일본인도 속해 있는 저녁모임

의 주최자가 묻는다:

나의:

힘 있는 존재들이 그들보다 작고 친근한 존재에게 내놓는

요구,

그런가 하면 또한 작은 존재들이
감당하기 어렵고 친근하지 않은 존재에게
감당키 어려운 존재가 친근하게 되라고 내놓는 간절한 바
람:

나의 세계와
나의 여건들 그리고
나의 내면과
나의 기억:

자신의 주장을 내세울 가능성
자신을 끼워 넣고 순응할 가능성:

내 잉꼬 (여자가 사고로 그녀의 전부였던 것을 잃고 난 뒤)
내 땅 (땅을 소유한 남자가 아침에)
내 구두닦이 (작가 빌리 하스가 후고 폰 호프만스탈에게)
내 영토 (땅을 소유한 남자가 저녁에):

나의
라는 말을 형사는 자신이 수사하는 살인사건에 붙일 수 있
지만
자신에 대한 살인에 쓸 수는 없다;

라는 말을 죄수는 자신의 감방에다 붙일 수 있지만

교도소 전체에 쓸 수는 없다;

라는 말을 비행기 승객은 자신의 창가 좌석에 쓸 수 있지만

비행기가 이미 추락한 뒤라면 쓸 수 없다;

라는 말을 노동자는 자신의 제품에 붙일 수 있지만

사장 앞에서는 쓸 수 없다;

라는 말을 환자는 자기 엑스레이 사진에 붙일 수 있지만

그 사진이 그가 건강함을 알려줄 때만 그렇다;

나의

라는 말을 아이는 장난감에 붙일 수 있지만

자신에 대해서는 쓸 수 없다;

삶에 지친 내 환자님들! 하고 삶에 지친 이들을 위한 시설
의 간호사는 말한다;

내 부엌이야! 결혼한 여자가 말한다!

내 외무부장관님! 하고 정부의 수장이 말한다;

아이고, 내 하나님! 하고 깜짝 놀란 사람이 말한다:

또 우리는 말하고 듣는다.

우리의 현실에 대해

그리고

내 가장 좋아하는 음식이나

우리의 금 보유량에 대해

또한

내 결혼식 사진과

마지막으로

그때 우리의

죄도 없이 유죄 판결을 받은 이들에 대해:

그러나 이렇게 말하거나 듣는 사람은 아무도 없다

우리의 기마경찰들 또는

우리의 기아 난민들 그리고

우리의 최후심판일 또는

물을 가득 머금은 이에 대한 우리의 공격 그리고

우리의 똥더미 또는

참수된 머리를 위한 우리의 톱밥 그리고

교회계단 아래 우리의 술 취한 마부 또는

우리의 자살 추정수치 –

나의 또는 우리의 라는 말이

어울리지 않는

이런 경우들은 말할 것도 없고.

예를 들면

나의 벌레 먹은 사과

예를 들면

우리의 깨진 전구들
예를 들면
나의 젖은 성냥 –

이런 경우도
말할 것이 없다
자신의 화물차 트윈타이어에 깔려 조각난 아이의 시체를
앞에 두고
이건 내 딸이 아니야
이건 내 딸이 아니야, 라고 할 때 –

저런 경우도
말할 것이 없으니
미친 사람이
지치지 않고 소리치길,
이건 내 목소리가 아니야
이건 내 목소리가 아니야, 라고 할 때 –

마찬가지로
지명수배된 인물이
수배 몽타주를 앞에 두고
저건 내가 아니야

저건 내가 아니야, 라고 할 때는

말할 것도 없고

12.

읽고 쓰기

> **BERCHTESGADEN** — Um einen besonders schönen Blick auf Sankt Bartholomä zu haben, stieg am Sonntag eine 22jährige Sekretärin aus Paris zusammen mit ihrem Ehemann auf die Falkensteiner Wand am Königssee.

"베르히테스가덴 – 파리에서 온 22살 된 여비서인 그녀는 남편과 함께 성 바르톨로메오 성당의 멋진 정경을 바라보기 위해 일요일에 쾨닉스 호수 근방의 팔켄슈타이너 절벽에 올라갔다."

이제 읽기

13. 하루가 지나는 동안

내가 아직 혼자인 동안은, 나는 아직 나다.

내가 아직 아는 사람들 사이에 있는 동안은, 나도 아직 아는 사람이다.

하지만 내가 모르는 사람들 사이에 있으면, 곧장 —

내가 거리로 나가자마자 — 한 보행자가 거리를 걷고 있는 것이다.

내가 전철에 타자마자 — 한 승객이 전차에 타고 있는 것이다.

내가 보석상에 들어서면 — 한 남자고객이 보석상에 들어가는 것이다.

내가 셀프서비스 상점에서 카트를 밀고 가면 — 한 손님이 셀프서비스 상점에서 카트를 밀고 가는 것이다.

내가 백화점에 들어가면 — 한 쇼핑족이 백화점에 들어가는 것이다.

그리고 내가 아이들을 지나치면 — 아이들은 자기들 곁을 지나치는 어른 하나를 본다. 내가 통행제한 구역을 들어서면 — 경비는 통행제한 구역에 들어선 허가받지 않은 사람을 본다. 그런데 나는 통행제한 구역에서 날 보고 달아나는 아이들을 본다 — 그래서 나는 통행제한 구역 출입허가를 받지 않은 아이들이 보고서 도망치는 경비가 된다.

그 다음 나는 대기실에 앉아 직원이 된다.
그 다음 나는 편지 뒷면에 이름을 쓰고 발송인이 된다.
그리고 나는 상품권에 사인을 하고 혜택을 받는 사람이 된다.

슈바르첸 거리가 어디냐는 질문을 받자마자, 나는 근방을 잘 아는 사람이 된다.
내가 놀라운 사태를 목격하자마자, 나는 증인이 된다.
내가 교회에 들어서자마자 나는 신자가 된다.
내가 사고를 보고 멈춰 서자마자 나는 구경꾼이 된다.
내가 슈바르첸 거리를 모른다고 하자마자 나는 슈바르첸 거리를 모르는 사람이 된다.

음식을 먹고 나면 나는 즉시 "우리 소비자들!"하고 말할 수 있다!
뭔가를 도둑맞으면 나는 즉시 "우리 소유자들!"하고 말할 수 있다!
부고를 내고 난 다음에 나는 즉시 "우리 애도자들!"하고 말할 수 있다!

우주를 관망할 때 나는 즉시 "우리 인간들!"하고 말할
수 있다!

나는 잡지에서 소설을 읽으며 – 수백만 가운데 한 사람이
된다.
나는 정부가 정한 의무를 이행하지 않고 – 순식간에 시민
이 된다.
나는 시위현장에서 도망치지 않고 – 순식간에 선동자가
된다.
나는 소설을 보다 말고 눈을 들어 맞은편의 아름다운 여성
을 바라본다 – 우리는 수백만 가운데 두 사람이 된다.

그리고 누군가 달리는 기차에서 내리지 않는다 – 누군가?
– 여행자이다.
그리고 누군가 말할 때 낯선 억양이 없다 – 누군가? – 내
국인이다.
그리고 누군가 상대를 맞이하면 – 상대방이 된다.
그리고 누군가 더는 혼자 게임을 하지 않으며 – 게임 상대
가 된다.
그리고 누군가 방 안에서 최연장자가 된다.
그리고 누군가 공원 수풀 속을 기어가 거동수상자가 된다.
그리고 사람들이 이야기하는 어떤 사람은 얘깃거리가 된

다.

그리고 사진에 표시된 어떤 사람은 X가 된다.

그리고 누군가 들판을 걸어간다 – 누군가? – 도보여행자
이다.

갑자기 내 앞에서 자동차가 브레이크를 밟으며 설 때 – 나
는 방해물이다.

그리고 어떤 형체가 어둠 속에서 나를 볼 때 – 나는 어둠
속의 형체가 된다.

쌍안경으로 관찰을 당할 때 – 나는 목표물이 된다.

그리고 누군가 나에 걸려 넘어질 때 – 나는 몸이 된다.

누군가 나를 발로 찰 때 – 나는 물렁한 물체가 된다.

그리고 내가 뭔가로 포장될 때 – 나는 내용물이 된다.

그리고 사람들은 알게 된다, 맨발의 누군가가 들길을 달렸
고 어떤 오른손잡이가 총을 발사했으며 혈액형이 O형인
자의 외모가 남루한 걸로 추정될 때 그는 외국인임이 분명
하다는 것을.

누군가 나에게 전화를 걸 때 – 전화 걸린 사람은 받을 생
각을 안 한다.

관찰자가 나를 아주 멀리서 바라볼 때 – 목표물은 그저 점

하나일 뿐이다.

이번엔 내가 관찰자로 누군가에게 전화를 걸 때 – 나는 화들짝 놀라게 하는 사람이다.

그리고 마침내, 나는 아는 사람을 만난다 – 이제 서로 아는 두 사람이 만난다.

그리고 마침내, 나는 혼자일 수 있게 된다 – 한 사람이 물러나 혼자 있게 된다.

그리고 마침내, 나는 혼자이다 – 한 사람이 자신과 함께 있다.

그리고 마지막으로, 나는 풀밭에 가서 앉는다 – 그리고 마침내 어떤 다른 사람이 된다.

14. 점층법

주차경비원이

대중가수나

초등학교 교사

그리고 권력자와 똑같이 불행할

가능성을 배제할 수는 없다.

그러나 대개의 경우

대중가수는 주차경비원보다 불행하고 초등학교 교사는 대

중가수보다 불행하며

모든 이들 가운데 권력자가 가장 불행하다는 것은

개연성을 넘어 거의 확실한 수준에 이른다.

마찬가지로

농장 일꾼이 일요일에 입는 셔츠가

미시시피 보안관이 주중에 입는 셔츠나

사형수가 일과 후에 입는 셔츠와

소매 길이가 같다는 건 있을 수 있는 일이다.

그러나 보안관이 주중에 입은 셔츠는

농장 일꾼이 일요일에 입는 셔츠보다 소매 길이가 짧고

짐바브웨 시민이 여가시간에 입는 셔츠가

보안관이 주중에 입는 셔츠보다 소매 길이가 짧다는 것은
분명해 보인다 –
그리고 논쟁의 여지 없이,
사형수가 일과 후에 입는 셔츠가
다른 모두에 비해 소매 길이가 가장 짧다.

또한 마찬가지로
우체국의 우체통 색깔이
젖 짜는 집유소의 우체통이나
일요일 오후 국도의 우체통,
히치콕 영화에 나오는 우체통과
똑같이 노란색일 수도 있겠지만,
천에 구백구십구의 경우의 수로
젖 짜는 집유소의 우체통은 우체국의 우체통보다 노랗고
일요일 오후 국도의 우체통은 젖 짜는 집유소의 우체통보
다 노랗다.
그리고 천이면 천의 경우의 수로
히치콕 영화에 나오는 우체통이 모든 우체통들 가운데
활활 타오르듯 가장 노랗다.

마지막으로
관광 안내인은 의심할 여지없이 선의를 가졌지만

축구장 정리인은 의심할 여지없이 관광 안내인보다 더 큰 선의를 가졌고

임금협상 당사자들도 관광 안내인보다 더 큰 선의를 가졌지만,

후회로 가득 찬 죄인이 모든 것에도 불구하고 임금협상 당사자들보다는 더 큰 선의를 가졌으며

사망자들은 어찌 됐든 참회하는 모든 죄인들보다 더 큰 선의를 가졌었다 -

그러나 권력을 쥐어야만 한다는 자야말로 누구보다 더 큰 선의를 갖고 있다.

15. 세 번의 법 낭독

1.
모든 국민에겐
개성을 자유롭게 펼치고,
 - **박수**
특히 노동과
 - **박수**
여가시간과
 - **박수**
자유로운 거주와 이전
 - **박수**
교육과
 - **박수**
집회
 - **박수**
인격불가침에 관한
 - **박수**
권리가 있다
 - **큰 박수**

2.

모든 국민에겐

– **박수**

법이 정한 테두리 안에서 개성을 자유롭게 펼치고

– **외침 : 들어봐! 들어봐!**

특히 사회적 필요에 부응하는 노동과

– **소란, 박수**

사회적으로 필요한 노동에 비례하는 여가시간과

– **야유, 박수, 재밌다는 웃음, 소란**

충분한 생활여건이 미비하거나 특별한 부담이 발생하는 일 반적인 경우를 제외한 자유로운 거주와 이전

– **약한 박수, 비웃는 웃음, 발 구르는 소리, 소란**

경제적 여건이 허락하고 또한 촉구하는 한에서의 교육

– **고함, 문 쾅 닫는 소리, 조롱하는 박수**

– **심한 동요, 투덜거림, 알아듣기 어려운 고함, 문 두드리는 소리, 조롱하는 갈채**

공공의 이익에 부합하는 집회

– **소음, 몇몇이 외치는 브라보, 불만을 표하는 두드림, 그럼 그렇지! 또는 그럴 줄 알았어! 같은 고함, 발 구르는 소리, 악을 쓰는 소리, 종이봉지를 터뜨리는 소리**

인격불가침에 관한 권리가 있다

– **소란과 조롱하는 박수**

3.

모든 국민은 법과 미풍양속의 테두리 안에서 개성을 자유롭게 펼칠 권리, 특히 공공의 경제적, 도덕적 원칙에 따른 노동의 권리, 일반적 경제적 필요와 평균적 생산능력을 지닌 시민의 가능성에 비례하는 여가시간에 대한 권리, 그리고 거주이전의 권리를 갖는데, 이때 충분한 생활여건이 미비하거나 특별한 부담이 발생하는 일반적인 경우, 또한 공공질서에 위험이 닥치거나 도덕과 생산력을 저해하는 것을 막고 정해진 결혼, 가정, 공동체의 삶을 보호하기 위해 필요한 경우를 예외로 한다. 모든 국민은 공공의 경제적 도덕적 발전을 위해 유익하고 여건이 허락하며 또한 촉구되는 한에서, 그리고 공공질서의 토대와 목표를 저해하지 않는 한에서 교육에 대한 권리를 갖는다. 모든 국민은 전염병, 방화, 자연재해를 염두에 둔 상태에서 공공의 이익을 유지하는 데 도움이 되는 집회의 권리가 있으며, 인격불가침에 관한 권리가 있다

– **열렬하고 끝날 기미가 보이지 않는 모두의 박수**

16.

1968년 1월 27일

FC 뉘른베르크 포메이션

바브라

로이폴트   포프

루트비히 뮐러   베나우어   블랑켄부르크

슈타레크   슈트렐   브룽스   하인츠 뮐러   폴케르트

경기시작:

15시

17. 철자의 형태

선장의 선실은, 조셉 콘래드의 묘사에 따르면, **L**자 형태여서, 누군가 **L**자의 짧은 막대 쪽에 위치한 문을 열고 갑자기 들어왔을 때, 어떤 남자를 죽였음에도 선장이 은닉시켜 주고 있는 도망자가 선실에 있다는 걸 한눈에 알아채기는 어려운데, 왜냐하면 도망자는 **L**자의 긴 막대 쪽에 있기 때문이다.

배에 도달하기까지 몇 마일을 헤엄쳐야 했던 도망자가 기진맥진하여 선실의 침대에 등을 대고 누워 잠들었을 때 발 모양이 **V**자로 벌어져 있었다.

선실에서 등을 켜고 책에 몰두하던 선장은 한 번 고개를 들어 곯아떨어진 도망자를 바라보았는데, 어째서 활자처럼 보이는지 설명할 수는 없지만, 선장의 눈에는 도망자가 지쳐 있는 그 상태가 자꾸만 커다란 **W**자가 뒤집힌 모양으로 보였다.

그런 생각을 떨쳐버리듯 머리를 흔들고 다시 책을 보려는 선장은 새로운 챕터의 첫 머리에서 놀랍게도 소금을 뒤집어

쓴 조난자가 도와달라고 외치는 모습을 발견하고, 다시 한 번 들여다보았을 때야 그것이 물결처럼 장식된 **A** 자임을 깨닫는다.

계속해서 책을 읽던 선장은 배에서 키우는 앵무새가 날카롭게 울면서 책에서 눈앞으로 날아오를 때, 정신을 바짝 차리고서야 그것이 **X** 자임을 알아차린다.

하지만 선원이 선실 문을 두드리고 앵무새가, 선장의 생각에 바깥 바다의 **I** 자 형태의 정적에 미쳐버린 듯 여전히 시끄럽게 울어재끼는 와중에, 수직으로 쟁반을 받쳐든 **T** 자의 모습으로 유리그릇을 달그락거리며 안으로 들어설 때, 막 침실 커튼을 닫은 선장은 이만저만 놀란 게 아니어서, 그의 눈에는 막 **L** 자의 짧은 막대와 **L** 자의 긴 막대가 만나는 지점에 팔을 쭉 편 모습을 드러낸 선원이 커다란 **Y** 자로 보이고, 당황한 선장은 앵무새를 진정시키거나 선원을 가까이 오라고 부르는 대신 책을 덮으며, 그제야 선실은 다시 정돈되는 것이다.

18. 가명

나는 N. N이다.

일명
에릭 스타브로 블로펠트

일명
페터 리 로렌스

일명
제프 코스텔로

일명
존 필립 로우이다.

나는

그를,

문제의 그 인물

＞

말하자면 해당인물,

말하자면, 거론된 그 사람을

– 이름이 생각나질 않는데 –

누굴 말하는지는 아시겠지,

어쨌든 멀리 발코니에 서 있는 걸 보았을 뿐,

다시 말해,
한 번도 미워한 적은 없고,

달리 말하자면,
그가 자다 일어나 웃는 걸 들은 적이 있고

달리 말하자면,
페널티킥을 하는데 골대 뒤에서 골키퍼를 비웃더군.

이렇게 말해보지.
그를 쏘아야만 했어.

›

"그래, 이게 정확한 말이지."

그 다음엔, 뭐랄까, 우유가? 그래, 우유가, 어떻게 됐다고 해
야지? 상한다고? 그래, 우유가 상했지.

19. 혼동

"저기 비행장에 찢어진 아가리 저거 상어인가?"

— "아냐, 저건 비행기 출입구가 열린 거야."

"저기 과수원에 쌓여 있는 게 수류탄 더미야?"

— "아냐, 저기 과수원에 놓여 있는 건 상해서 검어진 사과 더미야."

"이거 봐! 우표에 번개가 치는 모양이야!"

— "아냐, 그건 그냥 특별 소인의 한 부분이잖아."

나는 그 여자의 다리에 위험한 산酸이 흘러내리는 걸 보는데, 알고 보니 아래로 늘어뜨려진 띠였다.

나는 할아버지의 손이 게임 카드를 헤아리는 걸 보는데, 알고 보니 막 나타난 전광판의 표시였다.

나는 뜨거운 전기철판 위에 개미 한 마리가 오그라드는 걸 보는데, 알고 보니 길거리에서 엉켜 붙은 싸움꾼 두 명이었다.

"이거 봐! 침대에 쥐 두 마리가 죽어 있어!"

— "아냐, 그건 그냥 네 양말이 뭉쳐진 거잖아."

"저걸로 내 빵을 싸도 될까?"
 – "아니, 그건 눈이잖아."
"이봐, 파이프가 막힌 거 같애!"
 – "아니, 누가 전화하면서 헐떡거리는 거야."
"기와 올리던 사람이 추락한 거 같애!"
 – "아니, 창유리에 때가 묻은 거야."

가시철조망 더미에서 나는 나무딸기를 따먹을 것이다.
전봇대로 나는 이빨을 쑤실 것이다.
손톱가위를 써서 나는 떠오르는 달에 갈 것이다.

"저거 봐, 도로 옆 도랑에 자동차가 뒤집혀 있어!"
 – "아냐, 그건 그냥 버려진 신발이잖아."
"아, 갑자기 더워지는데!"
 – "아냐, 넌 그냥 놀랐을 뿐이야."
"자꾸 뒤에서 건드리지 말라고!"
 – "아냐, 그냥 소리 지른 걸 갖고."
"한 입 먹다가 숨이 막힐 뻔했어!"
 – "아냐, 너는 기뻐한 거잖아."

서랍장의 삐걱댐을 총의 안전장치 푸는 소리로 듣는다.
차가운 문고리를 만지고 뒷덜미를 얻어맞은 줄 안다.

제비둥지를 누가 길에 내던진 화분으로 여긴다.

"저기 쇼윈도의 대문자 A가 무슨 뜻이지?"
　－"네가 아파서 소리를 지르는 것뿐이야."
"왜 처형당한 사람을 길바닥에 끌고 다녀?"
　－"네 구두끈이 풀렸을 뿐이야."
"저기 봐, 족제비가 알을 다 빨아먹어버렸어."
　－"쿠션이 눌린 것뿐이야."
"옆방에서 누가 숨을 쉬고 있지?"
　－"저녁이 왔을 뿐인걸."

이별은 나에겐 진수식 때 배가 미끄러져 나아가는 것,
결혼식 전야파티는 나에겐 엉성하게 도배한 벽지,
내쉬는 숨은 나에겐 숲에서 밭으로 달려가기.
"들어봐, 욕실에서 헤어드라이어가 윙윙거려."
　－"아냐, 저건 불이 난 거야."
"저 말벌 아예 좀 죽여버릴 수 없나?"
　－"나무 창틀이 헐거워서, 밖에 바람이 불면 진동하는 거
야."
"내 기분이 꼭 내려놓은 전화 수화기 같아."
　－"넌 지쳤을 뿐이야."
"시골 결혼식에 가고 싶어."

－"넌 그저 살인이 하고 싶을 뿐이야."

"바늘로 물을 찌르고 싶어."

－"일요일 오전이니까."

불편함이란 극장에서 무릎에 올려놓은 외투이다.

예고된 전투는 텅 빈 아기 슬리핑백이다.

고양이 하악거림은 커튼고리가 끌리는 소리이다.

"난 갑자기 브레이크에 발이 올려져 있다 － 아니, 잠에서 깬 거지."

"오물 위에서 미끄러졌다 － 아니, 내가 너를 껴안는다."

"나는 의자 옆에 앉는다 － 아니, 돌풍이 불었을 뿐이야."

"암흑 속에서 갑자기 내게 바람이 불어 넣어진다 － 그렇다기보다는 넣는지 빼는지 더는 모르겠다 － 다시 말해, 암흑 속에서 내게 바람이 불어 넣어지고 － 그래, 넣는지 빼는지 나는 모르겠다."

교실에서 유일하게 누군가 손을 들었다 － 그래, 그건 부끄러운데 － 그렇다, 교실에서 나만 유일하게 손을 든다 － 그래서 나는 부끄러워한다.

20. 비교불가한 것을 비교함

마치

　　마치

　　　　　　어떤

　　마치

　　　　우물 파는 사람

　　마치

　　　공포영화에 나온 괴써 맥주 간판 같은 :

마치

　　마치

　　　　　　어떤

　　마치

　　　　　　비행기가 집 위로 추락했을 때 교회에 가 있었
던 집주인처럼, 마치
도망자가 헛간으로 숨어든 다음에 숨어들어 푹 파묻힌 짚
단의 틈처럼, 그렇게 침입한 뒤 숨이 막혔던, 마치
　　　　　　역이 아닌 곳에 열차가 정차했을 때 아래로 눌
러 내려진 열차 창문처럼, 그러다 이제 열차가 다시 출발한
뒤 조금씩 다시 위로 밀어 올려진 창문처럼:

`

마치

　마치

　　　우리가

　　마치

　　　우리가 사람이 저 멀리서 폭풍 속에 한 아이가
길을 건너는 걸 볼 때처럼,

　　　그런데 동시에 호텔에서 옆방의 한 남자가 뭐라
속삭이고 여자가 웃는 소리를 들을 때처럼,

　　　그리고 동시에 길거리의 포스터에서 접착제가
흘러내리는 걸 볼 때처럼

　　　그리고 동시에 누군가 동행한 여자가 신선한 공
기를 마시려고 밖으로 나간 사이 혼자서 테이블을 지키고
앉은 걸 볼 때처럼

　　　그리고 동시에 손으로 얼굴을 가리는 피고인을
볼 때처럼:

마치

　마치

　　　마치 꽁꽁 언 융프라우에서 숨을 들이마시고 싶
은 것처럼

　　　그런 다음 잠에서 깨어나 벽이 흥건한 걸

그리고 눈썹이 마르는 걸

그리고 다리 난간의 임신부를 바라볼 때처럼:

마치 전기구이 장치 밑바닥의 기름처럼

마치 전차 레일에 엎질러진 우유처럼

마치 TV 요리사의 윙크처럼

마치 카메라맨의 그림자처럼

마치 시내 중심처럼

마치 대문자 G처럼

마치:

"마치 불길의 위력에 메뚜기 떼가 물로 뛰어들고 하늘은 두
루미 울음으로 진동하며 울부짖는 소들의 발길에 짓밟혀
곡식들이 가루가 되고 엄청난 돌고래를 피해 다른 물고기
들이 움푹 팬 물가에 우글대고 부유한 남자의 양들이 끊임
없이 울면서 수도 없이 울타리 안에서 젖으로 양동이를 채
우고, 뱀을 발견한 남자가 겁에 질려 온 길을 돌아가고 수
많은 파리들이 버터에서 우유가 뚝뚝 떨어질 때 봄날의 공
기 속에 시골 양치기의 울타리를 거침없이 넘나들며, 나무
에 앉은 매미들은 경쾌한 소리로 숲을 진동하게 할 때처
럼."

마치:

　　마치

5

마치

4

마치

3

마치

2

마치

1

마치 새들을 입 다물게 만들려고 새장 위로 수건을 던질 때
처럼.

21. 단수와 복수

공원 벤치에 한 터키인이 손가락에 붕대를 감고 앉아 있다.
나는 공원 벤치에 손가락에 붕대를 감은 한 터키인 옆에 앉
아 있다.
우리는 한 공원 벤치에 앉아 있다, 나 그리고 손가락에 붕
대를 감은 한 터키인.
손가락에 붕대를 감은 한 터키인이 나와 함께 한 공원 벤치
에 앉아 있다.

우리는 공원 벤치에 앉아 연못을 바라본다. 그리고 나는 연
못에서 뭔가가 헤엄치는 걸 본다. 그리고 터키인은 연못을
바라본다.

우리는 연못을 바라본다. 그리고 나는 연못에서 한 물체가
헤엄치는 걸 본다. 그리고 터키인은 연못을 바라본다.

우리는 연못을 바라본다. 그리고 나는 연못에서 헤엄치는
오리에 밀려 풀덤불이 기슭으로 움직여가는 걸 본다. 그리
고 터키인은 연못을 바라본다.

우리는 연못을 바라본다. 그리고 나는 헤엄치는 오리에 밀려 기슭으로 움직여가는 풀덤불이 반대편의 오리들에게 밀려 기슭에서 멀어지는 걸 본다. 그리고 터키인은 연못을 바라본다.

우리는 연못을 바라본다. 그리고 나는 헤엄치는 오리에게 밀려 기슭으로 움직여가다 반대편의 오리들에게 밀려 연못 복판으로 밀려나던, 그런데 지금은 가로지르는 또 다른 오리들에게 밀려 그저 제자리에 머무는 풀덤불을 본다. 그리고 터키인은 연못을 바라본다.

우리는 연못을 바라본다. 그리고 나는 내가 풀덤불로 여겼던 물체, 또는 내가 어떤 물체라고 여겼던 무언가가 제자리에서 움직이다가 갑자기 가라앉는 것을 본다. 그리고 나도 물체를 따라 머리를 움직이기를 멈춘다. 다시 말해, 나는 놀란 것이다. 또는 나는 놀라서, 물체를 따라 머리를 움직이기를 멈춘 것이다. 그러고서 나는 더는 움직이지 않는다. 그리고 터키인은 연못을 바라본다.

우리는 연못을 바라본다. 그리고 나는 오리 한 마리가 부리에 풀덤불을 하나 물고 나타난 것을 본다. 그리고 나는 바라보기에 지치고 만족스럽다. 그리고 터키인은 연못을 바라본다.

우리는 연못을 바라본다. 그리고 나는 죽음에 관해 말하던 한 스포츠 기자를 떠올리면서 아무것도 바라보지 않는다. 그리고 터키인은 연못을 바라본다.

한 터키인과 나, 우리는 공원의 벤치에 앉아 연못을 바라본다:

나는 공원에서 벤치에 손가락에 붕대를 감은 터키인 옆에 앉아 있다:

나는 벤치에 앉아 공원에서 손가락에 붕대를 감은 터키인 옆에 있다:

공원인데 갑자기 벤치 위 내 옆에 붕대 감은 손가락을 뻗은 터키인이 앉아 있다:

공원 벤치에 온전한 아홉 개 손가락을 오므린 터키인이 앉아 있다:

공원 벤치에 손가락에 붕대를 감은 터키인이 앉아 연못을 바라보고 있다.

22. 프랑켄슈타인의 괴물의 괴물 프랑켄슈타인

아!

마구간 짚단 속에 프랑켄슈타인의 괴물이 누워 있다.

카를스브룬에는 슈타인이라는 박사가 살고 있고,

프랑켄슈타인의 딸은 마차를 타고 인스바트(혹은 인츠바트)로 요양 가는 중.

마을의 총각은 프리츠, 카를, 오토 그리고 한스.

마구간 짚단 위에는 상당히 검은 나무바퀴가 걸려 있지.

문지기가 괴물의 첫 희생자였고, 두 번째 희생자는 게르다.

마구간 짚단 속엔 프랑켄슈타인의 괴물인 프랑켄슈타인이

누워 있어.

주인의 저택에선 사중주단이 전형적인 영국 작곡가의 곡을

연주했는데, 안주인의 청에 따라 다음 곡은 헨델을 연주했다.

여관 식당의 테이블보는 흰색, 푸른색 격자무늬여서 고향이 그리워지고,

지하실에선 박사가 겁에 질린 조수의 손에서 장갑을 받아들었지.

프랑켄슈타인이라고 하는 도시도 있다.

숲 속에서 프랑켄슈타인의 괴물은 이끼 위에서 울다가 잠들었다.

프랑켄슈타인 딸의 애인은 한스라고 했지.

프랑켄슈타인의 괴물이 주인의 저택 발코니에 서 있다.

슈타인 박사는 환자에게 왕진을 나갔어.

서로 사랑하는 게르다와 프란츠는 수풀 속에 앉아서 개미를 헤아렸네.

마굿간지기는 상당히 검은 나무바퀴에 매달려 있어.

프랑켄슈타인의 괴물은 이전엔 한스라고 불렸다.

집 안주인이 비명을 지르는 바람에 사중주단의 악보를 비춰야 할 촛불이 꺼져버렸네.

프랑켄슈타인의 괴물은 이끼 속으로 파고들었다.

프랑켄슈타인의 딸은 인츠바트(혹은 인스바트)산 후프 스커트를 입었고.

한스와 프랑켄슈타인의 딸은 자주 풀밭에 함께 앉아 둘 사이에 놓은 바구니에서 간식을 꺼내먹었네.

집의 안주인은 엄지와 손가락들 사이에 부채를 쥐고 있었다.

프랑켄슈타인의 괴물은 절망에 사로잡혀 셔츠의 옷깃을 풀어두었고.

"제게 너무 잘해주시네요!" 한스가 말했지.

시골 사내는 배를 문질렀어.

"사람들이 언제나 저를 뚫어지게 쳐다보았어요!"라고 프랑켄슈타인의 괴물은 말해.

슈타인 박사는 이제 프랑크 박사로 불리고, 지금은 런던 웨스트, 할리 스트리트에 개인병원을 냈다네.

23. 1968년 5월 25일, 일본의 가요 인기순위

1.

HANA NO KUBIZAKARI / GINGA NO ROMANCE

– Tigers

2.

KOI NO SHISUKU

– Ito Yukari

3.

MASSACHUSETTS

– Bee Gees

4.

YUBE NO HIMITSU

– Ogawa Tomoko

5.

KAMISAMA ONEGAI

– Tempters

6.

KANASHIKUTE YARIKIRENAI (UNBEARABLE SAD)

– Falk Crusade

7.

Hoshikage no Waltz

− Sen Masao

8.

Isezaki-Cho Blues

− Aoe Mina

9.

Bara no Koibito

− Wild Ones

10.

Sakariba Blues

− Mori Shin−ichi

11.

Lady Madonna

− Beatles

12.

Otaru no Hitoyo

− Tokyo Romantica

13.

Namida no Kawakumade

− Nishida Sachiko

14.

AME NO GINZA

– Kurosawa Akira and Los Primos

15.

SATSUMA NO HITO

– Kitajima Saburo

16.

VALLERI

– Monkees

17.

ANO TOKI KIMA WA WAWAKATTA

– Spiders

18.

LOVE IS BLUE (L' AMOUR EST BLEU)

– Paul Mauriat

19.

DAYDREAM BELIEVER

– Monkees

20.

AMAIRO NO KAMI NO OTOME (ON THE WINDY HILL)

– Village Singers

24 자극적인 말

심문 중인 범죄용의자를 향해 단어들이 쏟아진다, 그 가운데 몇몇은 자백되어야 할 것들이다.
용의자는 어깨를 으쓱하거나
화를 내거나
가장 나쁜 경우지만, 다른 평범한 말을 들었을 때보다도 무덤덤한 반응을 보인다.
심문수사관은
절반의 범죄증거를 갖고 있다:
범죄를 지칭하는
말들은
범인을 자극하는 말,
용의자를 자극한 사실이 드러날 때, 그 말들은
유죄의 단어이다:

자극적인 말은
꿈의 말들:
다시 말해:
수치의 말—
치욕의 말—

유령열차의 말들,
다시 말해:
잠 못 드는 이와
사이클 선수
외지인
바깥에 지나가는 사람
공장 대문 옆의 정치인
새벽 3시의 제빵사
아직 옷을 갈아입지 못한 탈옥수
근력이 쇠해 마법지팡이로 어느 땅바닥을 두드릴지 찾지
못하는 마법사를 위한 말들이다:

절망에 빠진 한 사람이
골드햄스터란 단어를 듣고
자살을 한다
반면에 다른 절망한 사람은
일요일 아침이란 단어를 듣고는
넥타이를 당겨 맬 뿐인데
또 다른 절망한 사람은
드래프팅이란 말을 듣고
홀연 다시 세계와 하나가 된다:

골드햄스터

일요일 아침

드래프팅

그리고 은둔하고 싶은

누군가는

저명인사 비행장

이라는 말

터져나온 박수

라는 말

사냥꾼의 방

이라는 말을 듣고는

죄를 떠올리며 어깨를 으쓱한다 -

그리고 자주

역겨움을 느끼는

어떤 사람이

다용도 테이블

아펜첼 매직펜

화해의 교회

라는 단어를 듣고는

목이 메인다 -

그리고 자주

정신이

나갈

정도로

화가 나는

어떤 사람은

난파선

별미

채권시장

이란 단어를 듣고

한 귀로 흘리는

그런 사람이고 싶다:

채권시장

별미

난파선

화해의 교회

아펜첼 매직펜

다용도 테이블

사냥꾼의 방

터져나온 박수

저명인사 비행장:

순찰경찰관에게 자극적인 말은

무단질주자

축구수비수를 자극하는 말은

자살골

죽어가는 사람을 자극하는 말은

기도문

광란자를 자극하는 말은

바이에른주州의 분지델시市

임신부에게 자극적인 말은

냄비 잡는 헝겊

살인자를 자극하는 말은

바람결

나를 자극하는 것은

모든 단어,

모든 단어가

나를 자극한다:

직접투표

빨간모자

다가구주택

재고품

모듬요리

자발적으로

무인지경

선동자 들쥐

진창

용암

먹이주기

만약

어디

노바라시市

25. 거짓 이야기

봄에는 철길 옆에 풀이;
여름엔 캘리포니아와 코트 다쥐르의 숲이;
가을엔 감자줄기가;
겨울엔 침대 위에 불구자들이;
유조차 운전수 위로는 한 해가 1년 내내 불타오른다는 것;

수술환자가 마취에서 풀리자마자 농담을 하고;
미혼모들이 가스 난방이 된 집들에서 살고;
자전거 경주에서 추격 중인 선수들 앞에 차단기가 내려오고;
마피아 코사 노스트라의 두목이 호텔방에 앉아 있고;
들판의 한 농부에게 비행기 추락이 목격되고;

레슬러 제브라 키드는 링에선 겁나는 상대지만, 개인적으론 마음씨 좋은 거인이라는 것;

맨체스터 유나이티드의 수비수 노비 스타일스는 축구장에선 무서운 선수지만, 밖에선 파리 한 마리 못 죽일 사람이라는 것;

미국에선 얼음송곳이 살인도구이고;

부유한 상속인이 아이가 없으며;

경찰 끄나풀은 축축한 손을 하고 있고;

산모의 남편이 분만실 앞에서 오락가락하며;

택시기사를 살해한 범인은 피부색이 짙은 승객이라는 것;

별똥별을 본 요양객들이 깜짝 놀라고;

강제수용소 경비원은 개를 사랑하며;

버마에서 페리호가 전복되고;

몬테네그로에서 버스사고가 나며;

부에노스아이레스에서 관중들이 서로 발길질을 한다는 것;

모욕을 당한 주방보조가 창고 양배추 더미에 웅크리고;

선술집 주인은 폭력을 일삼으며;

전차 앞을 무단횡단하는 건 연금생활자일 때가 많고;

러시아나 폴란드 이름을 가진 보조인력이 외양간 윗방에 살며;

화물차가 쓰러지면 거리가 온통 오렌지로 덮인다는 것;

성폭력범이 발각되기 전에는 매너가 좋은 유복한 시민으로 여겨졌고, 저격범은 직장에서 상사에게 성실하고 / 온화하며 / 눈에 잘 띄지 않는 사람으로 여겨지며, 결혼사기꾼은

손마디가 섬세하다는 것;

노동자들이 낮잠을 자다가 레미콘 믹서기에;

자전거 타던 노인들이 자전거를 타다가;

부상을 당한 스키어들이 계곡으로 가던 도중에;

잠시 보호가 소홀한 틈에 어린아이들이 목숨을 잃는다는

것;

메츠에서는 아직도 단두대 처형을 한다는 것;

별장에 누군가 침입하고;

전화를 건 협박범의 목소리가 부드러우며;

누군가 발을 문틈에 밀어 넣고;

강물에 빠진 사람들이 재빨리 구조된다는 것;

버찌에 씨가 있고;

저녁 무렵 바람이 불며;

그물침대가 이리저리 흔들리고;

소금쟁이가 물 위를 지쳐나가며;

파이프오르간이 울리고;

동산動産은 움직일 수 있으며;

무치無齒인 사람은 치아가 없고;

거리는 길이며;

길은 길이고;

생선가시는 가시이며;

"비명"이나 "성탄절 과자" 같은 단어는 비명과 성탄절 과자

를 뜻한다는 것 - :

이 모든 것 -

이것이 모든 것이며 -

이 모든 것이 모든 것이고 -

이 모든 것이 모두 모든 것이며 참인 것은 아니다.

왜냐하면 선술집 주인은 손마디가 섬세한 결혼사기꾼이고,

왜냐하면 비행기 추락의 증인은 요양객들이며,

왜냐하면 노동자는 창고의 양배추 더미 위에서 죽기 때문

이다.

26. 간접화법상 몇 가지 대안들

행동이 말을 대체한다고 한다.
내가 그를 대체하거나
우리가 억압을 대체하고
또는 네가 빈 방을 대체하는 것처럼.

말은 또 생각을 대체한다고, 사람들은 말한다.
협상으로 전쟁을 대체하거나
현실감각이 제한 없는 유희를 대체하고
또는 해충구제가 딱정벌레를 대체하듯이.

생각은 또 행동을 대체한다고, 사람들은 말한다.
숨 막히는 공기가 맑은 공기를 위해 애쓰는 사람들을 대체하
거나
무질서가 모든 참여자의 선의를 대체하고
또는 새끼손가락이 아무것도 아닌 것을 대체하듯이.

대안이란, 말하자면, 둘 중에서 선택하도록 한다고 말할 수
있다.
대안은 말들로 이루어져 있다고/

말은 말일 때부터 있어야 할 것을 주장한다고/

대안은 두 개의 말을 내세우는데, 그 중 하나는 있어야 할 것, 따라서 다른 하나는 없어야 할 것이라고/

대안이라는 말은 말들 가운데서 선택을 하도록 하고, 그 말은 말일 때부터 있어야 할 것을 주장하면서, 두 개의 말들 가운데 아무런 선택도 허용하지 않는다고/

대안이라는, 말에 다름 아닌 것이 주장했듯, 말이란 (말이 **주장했듯**) 말이기 때문에 생각을 대체한다면, – 그렇다면 말일 때부터 있어야 할 것을 주장했던 대안은 생각에 대한 적절한 해충구제일 것이다.

복종하라, 아니면 죽어버리거나!

27 어족語族

고독한 로코,
알라모 요새에서 온 그가
목장 울타리 안으로 강도를 뒤쫓는다.
그가 주먹질로 강도를
양들 속으로 날려버린다.
울타리 구석에 몰려 있던
양들이 어지럽게 흩어진다.
두 독고다이들의 대결,
울타리 안에서
겁먹은 양/떼에 둘러싸여.

헬리콥터 한 대가 양/떼를
착륙장으로 착각한다.
철길의 양/떼나 소/떼는
열차 사고를 초래한다.
산에서 추락한 비행기 주변에도
영양/떼의 시체가 발견되곤 한다.
정글에서 전투를 벌일 때
말벌/떼는 무기가 된다.

행패를 부리는
한/무리의 사람들이
교통을 마비시킨다.
한 경찰이 선동자 무리에서
주동자를 잡아낸다.
범죄자/일당이
무자비하게 뿌리 뽑힌다.
백화점/체인이
새롭게 설립된다.
체조선수/팀이
시상대에 오른다.
흥청대는 술꾼/일행이
테이블에 둥글게 앉아 있다.
한바탕/싸라기눈이
축사 유리창에 몰아친다.

지점/망,
소망/한 다발,
맥주병/대열,
영원히 불만족한 자들/한 무리,
농가 달걀/한 판,
추격자/무리,

돌/소나기,

희생할 준비가 된/부대,

명중한/일련의 연속,

동지들의/서클,

탱크/떼,

익사자/무리

진딧물/떼

방들의/열

불평들의/산더미

축구경기 사망자/수

은행강도/떼가

버터빵 포장지/한 다발을

금고 앞에 남겨놓는다.

결혼한 부부/한 무리가

다시 한 번 노력을 시도한다.

조산한 아이/들이

늘어선 인큐베이터/열列에

눕혀져 있다.

그 레슬링 선수는 코를 공격하는/

일련의 기술을 사용한다.

파도처럼 많은/

고행성사가 제공된다.
수많은/안개등이
부서진다.
임종의 방/한 알이
연기로 가득 찬다.
문™들이 눈사태처럼
닫혀버린다.
종이봉지/한 떼가
터뜨려진다.
둥글게 포위되어
원이 생긴다.
선모충/한 다발이
돼지기름으로 가공된다.
술꾼들/행렬이
큰 통에서 질식한다.

젖은 눈/한 덩이
산 자들/한 무리와
죽은 자들/한 무리 위로
철썩 떨어진다.

돛배를 타고 세상을

떠돌아다닌 아우구스트,

그가 가파른 산길

굽이에서 양/떼와 맞닥뜨린다.

양/떼는 굽은 길 바깥으로

그를 밀고 들어와

그와 함께 나락으로 떨어진다.

세상을 떠돌던 그는 파멸한다.

끔찍한 양들의

떼

바다

무리에 파묻혀.

28 단어의 가장자리 2

우리는 들길 가장자리에 앉아 이야기를 나눈다.

빙하 가장자리에 시체들이 쌓이니, 최악의 위기는 오래전에 지나갔다.

누가 들판 가장자리, 하이웨이 가장자리에 서 있나? - 케리 그랜트!

무덤 가장자리에 삽에 잘린 애벌레가 뒹군다.

오염 부위의 가장자리는 이미 말라가고 있다.

지독히 추워지고 스콧 대장의 상처가 가장자리부터 곪고 있다.

기진맥진의 끄트머리에서 우리는 모두 단순한 문장들로 말한다.

도굴꾼들의 손톱이 죽은 자들의 더러운 주머니 속 끄트머리에 닿는다.

우리는 들길 가장자리, 들판의 가장자리에 앉아 얘기하고 또 얘기한다.

단어들의 가장자리일 지점에서 마른 낙엽이 가장자리부터 불타기 시작하고, 단어들은 한없이 느리게 제 안으로 수그러든다:

"이 검은 테두리!"

이 슬픔의 가장자리.

29. † 고인을 애도함

다임러벤츠 주식회사 감사위원회와 이사회

빈터샬 주식회사 감사위원회와 이사회

엠스란트 정유회사 노조와 노조위원회

만하임 정유 유한회사 감사위원회와 대표이사

바르타 주식회사, 프랑크푸르트 암 마인

슈퇴어 방적 주식회사, 크레펠트

엘름스호른 토지 및 무역 유한회사

노이스 산업주식 유한회사

바텐샤이트 채굴 유한회사

쾨닉스빈터 광고기획 유한회사

슐라라피아 뷔르츠부르크 협회

임업종사자 연맹, 고슬라

퇴직 공공봉사자 연맹, 이체호

뇌손상 전쟁부상자 연맹, 노이슈타트 안데어 바인슈트라세

베를린 시민과 벗 연맹, 레버쿠젠

전쟁부상자 및 유족 연맹, 에슬링엔

기독교 문화협회, 렘샤이트

독일 사냥 및 스포츠 사격 연구협회, 함

납 안료생산자 조합, 데트몰트

사회적 시장경제 촉진협회, 쾰른, 노르트라인베스트팔렌 주

잡지대여 연합, 베를린

니더작센 주정부군 연맹, 하멜른

정밀볼트·너트 산업 연맹, 뒤스부르크

독일 냉동산업기사 연맹, 밤베르크

스탈린주의 희생자 협회, 브라운슈바이크

연합 볼·베어링 주식회사, 볼프스부르크

소련에서 추방된 교사 및 공무원 협회, 푸르트 임 발트

바덴-뷔르템베르크 주 독일 동부지역 청소년회

유가증권 소유자 보호협회, 뒤셀도르프

독일 공익주택 건축회사

자유시민 유한회사, 칼스루에

독일 동종의료요법 연합, 바트 고데스베르크

독일 인명구조협회, 트리어

세계에너지회의 독일위원회, 다름슈타트

장애인 자립연합

주택소유자 연합

독일경찰

독일 신탁회사

독일 중개인 연합

독일 흥신소

기타 등등.

30. 소스라치다

전화하던 중 뒷목에 바람기가 느껴지는데
내 뒤엔 아무도 없을 때, 불현듯 나는 소스라친다.
욕실에서 샤워를 할 때, 내 뒤에 아무도 없음에 불현듯 나
는 소스라친다.

− 소스라치다,
돌바닥으로 떨어진 나무로 만든 접시들에,
케이스에 딱 맞게 들어차는 게임카드에,
계단주의 안내판 너머에 나타난 계단들에.

예상한 일에 소스라치기, 예상치 못한 일에 소스라치기, **다
른 것을** 예상하느라 미처 예상하지 못한 일에 소스라치기,
무언가에 놀랄 거라고 예상했기 때문에 **아무것도 없음**에
소스라치기.

− 소스라치다,
창유리에 흘러내리다 돌연 멈춘 물방울에,
트럭에 치이지 **않은** 공에,
손에서 미끄러지지 **않는** 문고리에 소스라치다.

찰칵 닫히기 직전에 도달한 문에 소스라치다.

– 소스라치다, 광고지가 떨어지지 않는 신문에,
베인 상처가 아니고 얼굴에 드리운 머리카락에,
빙판 위에서 미끄러지지 않을 때 소스라치고
새 신발이 압박감이 없을 때 소스라치며
낯선 곳의 문이 잠겨 있지 않으면 소스라친다.

– 소스라치다, 빗나간 타격에,
            미끄러지지 않고 기차에 뛰어오른 순간,
            제복을 입은 사람이 와서 그냥 지나가버릴 때.

– 소스라치다, 분수 연못에 던진 돌이 바닥에 닿은 것에,
미쳐 날뛰는 개가 울타리로 사람과 격리된 것에 소스라치고
돌돌 만 종이가 저절로 펼쳐지는 것에 소스라치며
손을 휘둘러 파리를 잡고서 소스라치다.
캄캄한데도 맨발이 뾰족한 걸 밟지 않은 것에도 소스라치
다.

– 소스라칠 일!
외투가 위아래로 당기는 문에 걸려 있지 않다!
수직으로 세워진 담배가 쓰러지지 않는다!

불 속에서 밤이 터지지 않는다!
밭을 평편하게 고르지 않았다!
파리들이 말 눈을 성가시게 하지 않는다!
다리가 폭파되지 않았다!
창고에 쥐약을 하나도 놓지 않았다!
깜짝 놀랄 일이다!

– 소스라침의 종류?
오지 **않은** 소스라침, **아직** 오지 않은 소스라침, **왔고** 다시
올 소스라침, **여기**로는 오지 않는 소스라침, **지금**은 올 수
없는 소스라침, 오도록 준비된 소스라침, **사유**로만 가능한
소스라침, 사유할 수 **없는** 소스라침, 소스라침을 사유할 수
없다는 **사실**에 대한 소스라침, 더 이상 소스라치게 하지 못
하는 놀라움에 대한 소스라침.

– 쥐 잡는 자동기계가 하나도 설치되지 않은 땅을 볼 때의
소스라침,

– "이 연석緣石은 한 번도 차가 넘은 적이 없다!"
"이 벽보는 아직 잡아 뜯기지 않았구나!"
"이 보석상 쇼윈도는 아직 산산조각나지 않았네!"
"이 자동차는 아직 뒤집힌 적이 없어!"

"이 보도블록은 아직 파헤쳐지지 않았다니!"
"이 경계말뚝엔 아직 지뢰가 묻혀 있지 않아!"
"이 머리통은 아직 나일론 스타킹을 쓴 적이 없군!"
"이 전화박스는 아직 불태워지지 않았다!"
"꽹음에 허공으로 날아간 사람이 아무도 없잖아!"
"호각소리에도 경찰차가 나타나지 않는구나!"
"이 우표자판기에서 아직 우표가 나오다니!"
"이 잠수부가 아직도 공기방울을 내뿜는 게 보인다!"
소스라치게 놀랍다!
소스라치게 놀랍다! -

- 소스라치다,
아직 가격표가 붙어 있지 않은 모든 먹을 것에 대해,
아직 털리지 않은 모든 은행에 대해,
선을 그은 흔적이 조금도 없는 모든 사진에 대해,
누군가 죽어 문을 닫은 적이 없는 모든 상점에 대해,
팔에 앉아서 찌르지 않는 모든 모기에 대해,
아직 무너지지 않은 모든 지하갱도에 대해,
양탄자를 트럭까지 옮겨가는 모든 도둑에 대해,
                                        소스라치다.

소스라치다, 너무 이르거나 늦은 모든 놀라움에 대해.

〉

–"무서워 – 이 버섯은 경련을 일으키지 않아!"
"끔찍해라 – 이 말은 상처를 입히지 않잖아!"
"오싹하군 – 이 풍선은 터지지 않네!"
"지독하군 – 이 식물엔 독이 없어!"–

– 목마른 사람이 병이 아직 바닥나지 않은 걸 본다.
길 잃은 사람이 여전히 탄탄한 땅을 걸어간다.
습격 받는 사람이 습격자가 아직 주먹을 쥐고 있지 않은 걸
본다. –

– 저들이 얼마나 놀라는지!
– 저들이 얼마나 놀라는지!

소스라치다,
모든 비어 있는 함정에,
모든 빈 경기장에,
아무것도 없는 모든 잡초밭에 –

– 지도에 그려진, 실제로도 존재하는 모든 장소들에 대해
–

소스라치다

소스라치다
소스라치다.

"이" – 오, 안돼!
"그" – 오, 안돼!
"저" – 오, 안돼!

– **소스라침**에 대한 소스라침
소스라치지 **않음**에 대한 소스라침

기뻐함에 대한 소스라침
소스라침에 대한 기뻐함

–"로또 추첨공이 유리그릇에 떨어진다!"
"이 얼음에 난 구멍은 아무런 뜻도 없어!"
"이 옥수수 밭에는 아무도 숨어 있지 않아!"
"이 사막은 신기루야!"

31. 시간단위, 시공간, 현지시간

밤이 다 갈 때까지
얼마나 많은 건물 사이 골짜기가 소요되는가?

빵 만드는 사람, 요제프 메르츠가 죽는다.
제빵장인 요제프 메르츠 씨가 죽었다.

한 복서에게 카운트하는 동안
얼마나 많은 창문을 닫을 수 있나?

몸으로 알아보려고
나는 복도로 나선다.
나는 복도로 난 문을 연다
복도에서 방으로 난 문을 닫고
복도에서 방의 문을 연 다음
방에서 복도로 난 문을 닫는다.
내가
몸으로 알아보려고
복도로 나서는 동안에
나서는 동안만큼 나는

복도로 나서는 것을
몸으로 알게 되었다.

몸으로 알아보려고
구두끈 매듭으로부터 올려다본다.
나는 빨래집게가 잔뜩 달린 줄을 바라본다.
몇 개의 빨래집게 구간만큼 나는 빨래집게가 잔뜩 달린 줄
을 바라본다.
구두끈 매듭만큼 동안에 빨래집게를 바라본다.
몇 개의 빨래집게만큼 동안에
나는 구두끈을 묶는다.

동화를 끝까지 이야기할 때까지
몇 개의 옥수수 파이프를 피울까?
유쾌한 자가 가만히 멈춰 서게 될 때까지
몇 번이나 기뻐 펄쩍 뛰어오를까?
마침내 공포를 잊을 때까지
얼마나 많이 뒤숭숭한 밤이 지나가야 할까?

(말은 햇볕 속에 얼마나 많은 파리만큼 서 있을까?
교회모독자 추적하기엔 얼마나 많은 계단을 올라야할까?
이주노동자는 얼마나 많은 용변만큼 차를 타고 입국할까?

토끼가 바다에 빠질 때까지 얼마나 많은 얼음덩이만큼 달릴까?

그 자리에서 죽는 데는 얼마나 오래 걸릴까?)

몸으로 알아보려고

나는 케이크 한 조각을 먹는다.

케이크 먹는 생각을 하면서

나는 케이크를 먹는 일을 본다.

케이크를 먹는 생각만큼

나는 케이크를 먹는다.

하지만 케이크가 넘어지는 동안만큼

(내가 케이크 먹기를 **보는 일** 없이

케이크 먹기를 **생각한** 다음)

나는 쓰러지는 뚱뚱한 제빵사를 생각해야 한다.

제빵사가 쓰러지는 걸 생각하는 동안만큼

나는 케이크 먹기를 중단한다.

제빵사가 쓰러지는 만큼

나는 케이크를 먹지 않고 있다.

제빵사가 천천히 쓰러지는 동안

케이크가 쓰러진다.

접시 위에서

천천히 뒤쪽으로.

›

"지금 시간이 얼마나 됐어?"
필립 말로우는 두 번째로 경찰에게 얻어맞는다.

"지금 시간이 얼마나 됐어?"
클리프 리차드는 세 번째로 마씨엘의 뺨에 키스한다.
"지금 시간이 얼마나 됐어?"
러시아 사진가가 네 번째로 미끄러져 나온 병아리를 사진
찍는다.

"지금 시간이 얼마나 됐어?"
말로우가 경찰들을 두들겨 팬다.

"18층 걸리는 만큼 후에"
나는 뱀이 무는 동안만큼 뱀을 본다.
사분의 삼박자는 관람차라는 단어만큼 걸린다.
나는 "파이브 골든 드래곤즈"라는 영화를 보러 갔다.

멤피스는 시간의 단위이다.
소련은 백다섯 번째 거부권을 행사한다.
밤은 1번가부터 126번가까지 걸린다.

32.

워너 브라더스와 세븐 아츠

제작:

워렌 비티

페이 더너웨이

출연

BONNIE UND CLYDE

주요 등장인물

진 해크먼

에스텔 파슨즈

덴버 파일

더브 테일러

에반스 에반스

진 와일더

그 외

마이클 J. 폴라드 분

C. W. 모스

미술:

딘 타불라리스

의상:

테아도라 반 런클

음향:

배리 맥도웰

특수효과:

버지스 메레디스

특별고문:

레이 스타크, M.A.

스크립트 관리:

다이앤 캐롤

프로덕션 관리:

로이드 그릭스

페이 더너웨이 메이크업 담당:

줄리아 워렌

미스 더너웨이 의상담당:

엘벨 & 스콧, 뉴욕

편집:

조지아 B. 하트

각본:

데이빗 뉴먼

로버트 벤튼

카메라:

버넷 구피, A.S.C.

음악:

찰스 스트라우스

프로덕션:

워렌 비티

감독:

아서 펜

컬러필름

테크니컬러

33. 소용없는 사망원인

나는 자신과 내기를 걸면서 승강로로 발을 내민다 – 하지만 엘리베이터가 와 있다. 나는 내기에 진 걸까?

나는 될 대로 되라면서 가을의 숲으로 간다 – 하지만 사냥은 이미 끝났다. 나는 뭐가 될 대로 되라고 했던 거지?

나는 정신을 차리고 길을 건넌다 – 하지만 차들은 전부 나를 지나쳐간다. 내가 정신을 모으는 게 무슨 뜻이 있지?

내가 정육점에 갔을 때 칼질을 당하는 건 내가 아니다.

내가 고압선을 만질 때, 나는 고무창을 댄 신발을 신고 있다.

내가 창가에서 몸을 내밀 때, 창문턱은 너무 높다.

내가 걸려 넘어지면, 땅 위로 넘어진다.

내가 나가떨어지는 건, 행운에 얻어맞아서다.

내가 발판에 올라서면, 썩은 나무판이 이미 제거되어 있다.

내가 총기를 만지고 놀 때, 내 손가락은 너무 고요하다.

내가 뱀을 밟을 때, 뱀은 벌써 죽어 있다.

나는 끓는 물에 떨어져도 아무렇지도 않다 – 그건 그냥 꿈일 뿐.

나는 식인종에게 잡아먹혀도 아무렇지도 않다 - 나는 농
담 속 인물에 불과해.
나는 고릴라가 머리를 물어도 심각할 게 없다 - 나는 이야
기 속 주인공에 불과하니까.

뜨개바늘이 잠잠히 둥근 실 뭉치에 꽂혀 있는 동안,
면도날이 가만히 세면대 옆에 놓여 있는 동안,
길바닥이 묵묵히 내 밑에 깊숙이 파여 있는 동안
트럭이 멀쩡히 벽으로 후진해 충돌하는 동안,
냉장고 문이 아무렇지도 않게 닫혀버리는 동안,
치사량의 약이 고스란히 약장에 놓여 있는 동안,
다른 어딘가에 태연히 한파가 몰아치는 동안,
다른 어딘가에서 천연하게 불이 나 타버리는 동안,
다른 어딘가에서 바위덩어리가 깨지는 동안,
살인을 위임받은 자가 어디선가 사람을 죽이는 동안,
살인을 위임받지 않은 자가 어디선가 사람을 죽이는 동안,
살인을 위임받은 다른 자들이 또 다른 곳에서 죽도록 규정
된 자들을 죽이고, 또 다른 곳에서 죽도록 규정된 자들이
살인을 허가받은 자들을 죽이는 동안,

그러는 동안
주사바늘,

도끼날,

감마선,

날카로운 돌,

돌진하는 기차,

도로포장용 롤러,

빙하의 크레바스,

회전하는 프로펠러,

흐르는 모래,

독버섯,

독성 곰팡이,

바나나의 독거미,

액체금속,

지뢰밭,

끓는 역청,

흘러나오는 가스,

깊은 물이

소용되지 않는 동안,

나는 여기 내 자리에 서 있다,

바나나 껍질에서 한 걸음 너무 비껴서,

회전하는 프로펠러에서 너무 멀리 몇 걸음 더 벗어나,

땅에 박아 넣는 나무기둥에서 너무 멀리 몇 걸음 좀 더 벗
어나,
내 옆에 놓인 봉투 뜯는 칼끝에서 너무 멀리 몇 걸음 더 비
껴서,
빈 엘리베이터 승강로에서 너무나 멀리 벗어나 —

나는 숨을 마시지 않고
나는 숨을 내쉬지 않고
자리에서 움직이지 않고 있다.

34. 배역

음악대장 마제티.

소녀 릴리.

지방법원판사 — 그 자신.

마목 — 원숭이.

가마꾼 로트.

급사 프란츠.

4층 왼쪽 방 엔지니어의 아내.

서커스 식당차 주인.

정원사.

귀부인.

덤불 너머 남자.

검은 베일을 쓴 남자.

유대상인 바루흐.

베른에서 온 여인.

철로지기.

옥토버 축제 인파와 괴상한 것들.

재봉사 여인 둘.

괴짜, 손님들, 하인들, 농부들.

사람들.

35. 내부세계의 외부세계의 내부세계

"우리"

사살된 자가 이송된 뒤
사살된 자의 구두창
커다랗고 둥근 못대가리를 보고서야
우리는 그가
죄가 없다는 것을 깨닫는다.

우리는 테네시주 내쉬빌에 있다.
하지만 우리가 호텔방에 들어가
콧속이 보일 듯 말 듯한
우르줄라 안드레스가 실린
플레이보이를 보았을 때,
- 우리가 대책 없이
내쉬빌에 있다는 사실 대신 -
우르줄라 안드레스의
콧구멍에 의식의 덜미를 잡힌다.

우리는 프라하로 간다.

우리는 거기서 밤 9시 무렵이면
거리가 조용하다는 얘길 읽는다.
하지만 우리가 9시에 거리로 나섰을 때는
주위에 사람 없이 있으려고
시도할 수 있는 마지막 타이밍이었다.

우리는 어느 백화점에 있다.
우리는 장난감 매장으로 가서
집짓기 블록 장난감을 사기 위해
에스컬레이터를 타려고 한다.
하지만 마침 에스컬레이터가 서서
우리가 위로 걸어 오르는
정지된 에스컬레이터는
우리의 정지된 숨으로 바뀌었고,
그러다 갑자기 에스컬레이터가
다시 움직이기 시작했기 때문에
이제 우리가 내쉬는
정지되었던 숨은
와르르 무너지는 한 무더기
집짓기 토막이 되어버린다.

우리는 자신의 마음으로 들어가본다.

그러면 그곳은

우리가 몹시 화나 있을 때

흡사 어떤 저격사건의 보고문처럼, 늦은 오후이다.

우리가 피곤해지면

호텔 열쇠보관대의 틈 없이 빼곡한 열쇠들이

우리의 눈을 감긴다.

달이 뜨면 그곳엔

평온이 찾아든다.

놀람은

영업시간이 끝난 제과점에서 과자를 덮는

하얀 덮개로 변한다.

그리고 그곳에서 부끄러움이

곡예에 실패하고도 환하게 웃음 띤 채 두 팔을 펼쳐 보이는

서커스 광대로 떨어진다.

어쩌다 우리가 아무 근심도 없을 때

우리는 어떤 사람이 숲에서 푸른 운동복을 입고 우리를 스

쳐 달리는 것을 본다.

그런데 그러고 나서

우리는 숲속의 그가 도로를 따라 달리는 것을 본다,

우리가 더는 근심걱정이 없지 않기 때문이다.

그러다 결국엔

숲을 달리던 그가 운동복이 아니라

달리기에 방해가 되는

긴 외투를 입고 거리를 따라 내려가는 걸 본다.

우리의 마음이 초조하기 때문이다.

그리고 우리는 기차에서 창가에 기대어

푸른 운동복을 입고 숲을 달리던 그가 우리에게 손을 흔드

는 걸 본다.

우리가 다시

아무 근심이 없다는 신호이다.

초조함은 초록 신호등으로 변한다.

초록 불빛이 이어지는 동안

우리는 걸어가다가

주황 불빛에

우리는 뛴다.

초조함은 금요일의 식료품 가게 쇼윈도로 바뀐다.

텅 빈 식료품 가게에서 소시지 써는 기계는 사람들이 가득

찬 엘리베이터로 변하고, 우리는 불편할 때 그러듯 바닥으

로 눈을 내리깐다.

결백함에 관해 말해볼 수도 있다.

징을 박은 구두

어찌할 바 모름

호텔방

출구 없음

9시

우유부단

정지된 에스컬레이터

수치심

만원 엘리베이터

그리고 인내심

극장의 좌석안내원

그녀는 어둠 속에서

두 손에 상자 하나를 들고

스크린 옆에 서서

스크린에 등장한 젊은 여자가

우리에게 팔 상품을

소개할 때까지 대기한다

다소 늙은 좌석안내원 그녀

주위가 환해지면

수치스러울까

사람 가득한 엘리베이터에 탄 듯이

혹은 반대로

혹은 반대로 –

우리는 의식으로 발을 들여놓는다.
동화처럼 의식은 이른 아침이고
그곳은 초여름 풀밭 위이다.
우리가 호기심을 느낄 때
그곳은 웨스턴 영화처럼 한낮이고
커다랗고 침착한 손이 바에 올려져 있다.
우리가 흥미진진함을 느낄 때
그곳은 무더운 늦여름
조금 이른 오후의 헛간,
무차별 살인에 대한 사건기사와 같다.
우리가 조급해질 때면
라디오 뉴스처럼 그곳은
저녁 무렵 외국 군대가 국경을 통과한다.

우리가 혼란스러워할 때,
깊은 밤
통행금지가 걸리고
거리의 정적이 퍼져갈 때처럼,
누구에게도 자신을 말할 수 없을 때 –

누군가는 수많은 대상들을 보다가
그 대상들에 무관심해지고
누군가는 수많은 무관심한 대상들을 보다가
차츰차츰 자신마저 의식에서 놓쳐버리고 –

그리고 그는 어떤 대상을 본다
그가 보지 **않으려** 했던,
혹은 기꺼이 **오래** 보고 싶은
혹은 기꺼이 **갖고** 싶은
그래서 그 대상이 그의
욕망 어린 눈빛의
의지의
불만의
대상이 되도록.
그래서 그가 그것을 **바라보고**
혹은 그것을 **거부하고**
혹은 그것을 **가지려고** 하면서
– 제정신을 차린다.

피고가 유죄 판결을 받은 뒤에야
판결 받은 이가 고소당했었음을
우리는 깨닫는다.

36. 문장의 중단

동화를 쓰는 사람의 마지막 문장은 대개 이렇다.

"갑자기, 그림 한복판에서, 말馬을 그리던 화가는 그리기를 멈추고 말 탄 사내의 목을 졸랐습니다."

갑자기, 마지막 문장 한복판에서 ―

37. 구분하기

"이 소리 나 알아! 방금 누가 죽은 거야!"
— "아냐, 그냥 네 침대로 메뚜기가 뛰어올랐을 뿐이야."

눈을 뜨자마자 나는 세부를 구분하기 시작한다.

"너는 간식 바구니에 기어오르는 뱀하고, 룸 메이드와 함께
언덕 위 집 앞에 서 있는 호텔직원의 차이점을 아니?"
— "이 소리 나 알아!"
— "아냐, 그냥 네 침대로 뱀 한 마리가 기어올랐을 뿐이야."

"침대 위에 더러운 수건 여러 개가 놓여 있네."
— "내가 **진짜로** 수건이 놓인 걸 보는 건지 아니면, '침대 위
에 더러운 수건 여러 개가 놓여 있다'는 문장을 보았을 뿐
인지?"
— "응, 넌 그냥 더러운 수건을 꿈꾸었을 뿐이야."

시선을 향하자마자 나는 이것저것을 보게 된다. 여기 바닥
에 더러운 수건 하나, 저기 너머에 행주가 담긴 바구니 하
나.

›

"네가 메뚜기를 후려갈긴 행주 기억해?"
 ‒ "그건 호텔직원이었어."

세부를 구분하기 시작하자마자 나는 기억하지 않을 도리가
없다.

"예전에 그 호텔직원이 저 **행주**를 휘둘렀는데, 지금은 바닥
에 **수건**이 놓여 있네."
 ‒ "그래, 넌 행주에다 손을 닦았지."

"이렇게 움직이는 걸 뭐라 그래?"
 ‒ "분다고 하지."
 ‒ "그럼 저기 창가에 움직이는 건, 바람?"
 ‒ "아니, 커튼이 움직이는 거야."
 ‒ "아니, 바람이 커튼을 움직이는 거지."

말을 시작하자마자, 나는 보호색을 입고 더 이상 주위와 구
분되지 않는다.

"이 밧줄은 목매다는 데 쓰는 게 아니고 치실이야."

구분하기 시작하자마자, 차이점들이 나를 주위와 하나로
만든다.

"야만인이 추격해오면, 들길에서 우리는 몸을 둥근 바퀴로
만들어버린다."
- "그런데 만일 네가 혼자면?"
- "혼자일 땐 야만인이 쫓아오지 않아."

주위의 무언가에 대해 헛되이 문장을 떠올리려 하자마자,
나는 고통스럽게 나를 주위와 분리한다.

"밤에 손전등을 들고 너에게서 얼마쯤 떨어져 걷는 사람하
고 계단 밑의 성자 알렉시우스의 차이를 알고 있어?"
- "이 광경을 난 알아! 누가 방금 죽은 거야!"
- "응, 네가 버섯을 밟았는데, 버섯이 터지면서 너한테 먼
지를 묻힌 거야."
- "그래서 수건들이 더러워진 거지."

내가 주위와 하나가 되자마자, 나는 다시 말을 하기 시작해
구분이 된다.

"자기를 못 알아보게 하려고 액체를 뿜는 게 오징어 아니

야?"

– "오징어니 액체니 하는 건 상투적인 말이야!"

– "하지만 문어 내장을 주먹을 써서 밖으로 밀어낼 때 나는 소리 알지 않아?"

– "응, 크랙, 하는 소리지!"

내가 말을 시작하자마자, 자꾸만 크랙, 크랙하는 소리가 난다.

"뱀이 소풍 바구니에 기어오를 때 나는 소리 알아?"

– "응, 그 소리, 크랙, 크랙하지!"

– "방금 누가 죽었어!"

– "응, 그 소리 나 알아."

내가 말을 시작하자마자, 주위의 모든 사물들이 액체를 뿜어내 나를 알아볼 수 없게 만든다.

"목 매달린 사람이 왜 다리를 끌어올리는지 알고 있었어?"

– "둥근 바퀴를 만들려고 그러나?"

– "아냐, 자기들 발밑에 뱀이 우글거리거든!"

말을 멈추자마자, 나는 커튼과 수건에 메뚜기들이 갉아먹은 구멍들을 분간한다.

"방금 뭘 꺼내먹은 간식 바구니에 뱀이 기어오른 걸 알아챈 사람은 충격을 받아 죽고 만다는 거 알고 있었어?"
 – "응, 야만인의 추격에 대한 책에 나와 있어."

"호텔직원이 언덕 위 집 앞에서 룸 메이드에게 허밍해준 멜로디는 개념인가?"
 – "그래, 하지만 난 그걸 뭐라고 말해야 할지 모르겠네!"
 – "그건 계단 밑의 성자 알렉시우스에 관한 노래야."

내가 누구도 무슨 말하는 걸 듣지 못하자마자, 난 감지되는 대상들을 말로 옮기고, 내가 대상들을 말로 옮기자마자, 그것들은 이미 나에게 개념이다.

"이 소리 나 알아! 호텔직원이 헨리 만시니의 멜로디를 흥얼거렸지!"
 – "아냐, 너한테 먼지를 날린 그 버섯은 먼지버섯이라고 해!"

내가 바라보자마자, 커튼은 이미 하나의 장면이 되어버렸다.

"호텔직원이 왜 언덕 위 집 앞에서 룸 메이드에게 헨리 만 시니의 멜로디를 허밍해주었는지 알아?"

- "그럼, 룸 메이드가 밤중에 들길로 가는 걸 겁내기 때문 이야."

- "그래, '낮처럼 밝다'는 말은 아직 밤이라는 뜻이지."

감지되는 것들을 말로 옮기자마자, 내겐 이것저것에 대한 말들이 농담처럼 보였다.

"너는 그것들 사이의 .... 차이를 알아?"

- "응, 그 차이란 하나의 농담이지!"

- "그래, 닮은 문장으로 쓸 수 있는 것들만이 서로 구분되 지."

감지되는 것들을 더는 말로 옮기지 못하자마자, 내겐 감지 되는 이것저것이 지극한 타국처럼 보였다. 그리고 내가 다 시 말을 시작하자마자, 내겐 모든 문장들이 감지되는 것들 에 대한 꿈처럼 보였다.

"방금 누가 죽었어!"

- "그래, 하지만 타국에서."
- "방금 저기 뭔가가 안에서 밖으로 뒤집어졌어!"
- "그래, 하지만 타국에서."
- "방금 저기 뭔가가 크랙, 하는 소리를 내!"
- "그래, 하지만 우리가 그 얘길 말로 하니까, 그건 하나의 꿈이야."

38. 슬퍼하며 언덕 위에 남겨진 자

- 어떤 꿈의 모형

내가 (혹은 네가?) 서 있어,

　　　골똘히 생각하고,

　　　무언가 하면서,

　　어디라 할까,

언덕 위

어느 임종의 방이야,

　　그리고

　　　울기는 고사하고,

　　바라보지,

비탈길을 위로, 또

　　아래로 -

　　　내가 너와 비슷할 만큼, 아주 멀리서.

뒤에 남겨진 자들이

　　웃는다, 시야 밖에서,

하지만 그러면서도

　　울고 있다,

　　　나도 뒤질세라,

　　소리를 지른다,

특별히 고통에 겨운 것은 아니지만,

두 번째 바람이 불 때는 능가하여.

"옆구리 통증! 겹쳐진 언덕들, 언덕 위 눈"

내가 원하는 대로 마음을 모을 수가 없다 –

한편으론

          나는 서 있고,

그런가 하면

          나는 울고 있다,

     높이에 현기증을 느끼고,

     시신을 대하곤 창백해져서,

앞서 말한 언덕 내지는 나비 분류 안내판을 향해

     아래로, 아래로!

"어스름이 내리고 해골나방 가루가 날린다!"

아래로 내려가는 일을

         나는 다르게 상상했었다,

이렇게 말없이는 말고,

     좀 더 감각적으로,

이렇게 여행처럼은 말고,

     좀 더 흔쾌하게.

비탈길이 귀를 아프게 한다,

     추위에 시신의 귀가 떨어져나갔다.

말을 하면 풍경이 달라진다,

이제는 달(웨이터)도 다르게,

"지나가는 중"이라고 불린다.

심야전력:

불빛이 신통찮게 비친다.

고통 받는 사람처럼

나는 (고통 받는 사람답게)

지나가는 자에게 주먹을 내보인다. 주먹들, 그리고

거짓말과 주장을,

그리고 막힘없이 말을 쏟아낸다, 이유도 없이,

막힘없이.

"솔라늄 향료와 초등학교 교실 바닥"

풀,

다른 말로는,

쇠난로,

모든 게 기슭으로 넘쳐난다 ─ 문장들, 구구단,

─ 말로 표현된 것,

말로 짜내진 것,

진흙밭 놀이.

앞서 말했듯이, 좀 더 흔쾌하게,

(사실은 하나도 들어맞는 게 없지만)

한 언덕 위에(그 "언덕", "그" 위에)

나는 앉아서

문장들을 물고 늘어지며, 주위 풍경을

문장들로 으깨어내며, 자신을

문장들로 짓이겨내며,

웃고, 웃는 눈으로

쿵쿵 냄새를 맡으며,

말들을 흘리며,

애도객들이, 개울에 빠져가며, 물러가는 것을,

형태, 풍뎅이, 브룬 암 게비르게 같은 말들을 떠올리게 하는

레몬을 그들이

짜내는 것을

관찰한다.

나는 어디인가 하면, ... 폭풍의 바로미터;

눈이

사각거린다,

나는 듣는다,

"불가결한 일들 –

일행을 위한 간식꾸러미, 임종을 지키는

이들을 위한 휴식시간, 온갖

묻고 답하기에 지친 관절염증, 말하느라

땀 흘리기, 그냥 땀 흘리기,

고통을 몰아내는

골짜기 안개,

곤혹스러운 상자에서 시체 한 구가 떨어진다."

저기 봐, 아우구스트 히틀러가 오고 있네.

"불안정한 애야, 벌써 유치원 때부터 염소한테

　　　　돌을 던졌다네!"

그리고 내가

　　　　　안 볼 수가 없는 저 그룹은

　　　한 무리의 인간 그리고혹은 돌들이다.

"울지 않을 수가 없어요."라고

　　　한 조문객이 꾸민 태도로 대답한다.

"저는..." (인용 끝.)

고인은...

　　　움푹 파인 땅을 가엾게 여길 것이다:

　　　생기 있게 풀쩍, 웅덩이에 발을 들여놓았다 –

들여놓았었다 –

　　　기억중독,

그리고 지금 웅덩이는 얼어붙었다!

그리고 지금 목덜미 위에 댄 얼음덩어리, 목 동맥 위에

그리고 지금 .... 나는 떨고 있다:

소피는 얼음처럼 차갑고

　　　더는 피가 나지 않는다,

　　　5월 15일, 이라고

　　　　　쓴다.

장례기간, 포도 수확 : "준비가 다 되었어요!"

우리는 케첩으로

한 편의 영화를 쓴다.

베티 데이비스는 죽을 것이고, 그녀를 앞서간 사람은 아이
스크림 장수였다,

지금 그는

언덕을 오르내리고 있다:

바로 나야, 분명해, 모르는 척하기 없기,

단골손님도 아니고

정원을 곱게 가꾸는 살인자도 아니고 –

방탕아, 그가 지금 언덕을 오르

내리고 있다.

부추! 내가 처음으로

이 단어를 써본다 – "부–

추! 내가 처음으로 이 단어를 써본다!"

– 이런 문장을 내가

처음으로.

내가 똑바르게 앉아,

아니, 난 돌아다닌다,

마치 예전에

고인이 했던 것처럼,

그가 배낭 가득히

눈 말고 나뭇가지 말고 빈 상자들도 말고

돌들도 말고, **그리고** 돌들을

삽을 눈 속에 던져버렸을 때,

　　더 정확히 말해, 나뭇가지들을 삽에 담아서 –

그래, 빈 상자들은 어디 갔지? –"바닐라에 익사했지."

　　　　　그리고 나는

　　돌들을

(이미 내가 와서 누워 있는) 다른 편으로

굴리며, 마른 나뭇가지에

　　발을 채이고, 벌써 암소들은 울고 –

　　내가 바라본 울타리 너머 구경꾼들,

　　내가 걸어간 포도나무 언덕,

　　내가 설탕이 필요할 때 흩어져 있던

　　집들,

　　　　– 그런데 시신은 어디로 가지?

　　　시신은 어디로 가지?

"마이어베어"란 단어는 맑은 날 멀리 보이는 언덕과 비슷하
다, 그 언덕에

　　　　– **우리의!** –

지주이자 나움부르크 돔의 위인이 고인으로 묻혀 있다.

내가 입만 열면, 실루엣, 실루엣, 실루엣.

해 질 무렵 네벨호른 산은 긴 그림자를 드리운다.

들어봐, 저건 바스커빌의 개야! 스페인 파리를 잡고 있어,

그리고 내가 서 있던 언덕은,

어느새 다 자란 염소들에게서 돌들을 잡아채며,

사는 사람들 사이에선

망자의 배腹라고 불리지,

- 여기 밤은 정말 포근하네.

평온하다 불안하다 평온하다 불안한.

개미가 날아가는 동작 - 그리고 찰싹 소리!

갈대, 또는 실루엣이라고도 할 수 있을!

수의, 사람들 표현으로 눈 먼 눈瞳이라고도 하는!

그래, 그래, 어둡다는 건 색이 아니지,

아니고

달리기, 그리고 뛰기, 장작 패는 나무받침에 걸려 넘어지기
겠지.

그리고 아이들이 얘기를 시작하면, 또

아이들만이 아니라, 날이 밝아오고, 숨쉬기는 편안해져.
(고인은 잘 모셔져 있다, 바람이 통하는 곳에, 추위는 Rh 인
자로 측정되고, 방 안이 캄캄해지면, 코에서 피가 흘러나온
다.)

"무슨 말 좀 해봐."

나는 귀 기울이고, 나는 바라보았다.

색깔은 2개의 철자로 된 자동차인식부호가 아니다.

"ch"는 I 발음 철자가 아니다,

아니고

수프 가득.

밀가루벌레 / 콧물 / 주둥이와 갈퀴발톱 병 / "옴에 걸린 에티오피아 경호원"; 즉

우리가 밀가루벌레 위로 갈 때마다

달리고 뛰기는 소용이 없다.

그리고 나!

그리고 언덕!

그리고 나!

그리고 언!

그리고 언덕!

그리고 나!

그리고 왕.

그리고 나.

그리고 난 살아 있으니,

입장이 더 낫다,

아무것도 아닌 것보다 –

그리고 **네**가 물었으니까 (아니면 **내**가 **생각한 건가**):

"죽으면 아무것도 아닌 거, 이게 저것보다 더 쉬운가?"

그래서 **내**가 물었으니까 (아니면 **네**가 **생각한 건가**):

"아무것도 아닌 것보다 좋은 것은 아무것일 수도 없는 것이다."

　　　그러니까

말 그대로 생각하기로 하자. (문장대로 생각하기로 하자.)

철저하게

　　　한 언덕에(그 "언덕"에, "그")

　　　머물면서

　　　마치 사령관처럼

　　　　　비탈길을 비스듬히 가로지르는 애도행렬을

바라보면서,

삽 가득 나뭇가지를 무덤에 쓸어넣고,

　　　　　축구팀 일등공격수들, 조문객들을

　　　돌을 던지며,

영원한 영예의 명부에 기록해 넣고,

　　　　　언제나 한 무릎을, 죽은 이의 무릎을, 다른

　　　무릎 위에 ... 걸치며,

그리고

　　　　　한숨 쉬며

: 혹은/그리고

　　　　　나, 너, 그곳, 그때,

　　　어디인가 하면 내가, 아니, 언제인가 하면 내가,

　　　　　아니, 내가 너를,

아니, 어디인가 하면 우리가 그를,

　　　－ 시신을 －

이를 갈면서

　　　－ 자갈 속 －

귀를 잡아 골짜기로 끌고 간 곳에,

　　　(내가 무슨 말을 하지, 내가 무슨 말을 했지?)

언제나 한 다리를 다른 쪽 위에 ... 걸치고, 그리고

　　　한숨을 쉬며 (거꾸로가 아니라)

　　　－ 진흙! －

그리고 어둠은 틈이

　　　갈라져, －"갈라져! 갈라져! 저기 자리!"－

죽은 사람처럼 완고하게,

　　　　　턱은 위로 고정시키고, －"그리고 너무나

무거워!"

볼이 부은 고인에게 복장을 입혀, －"볼거리에 걸린 아이

가 죽었었다,

　　　소리치며 울 때 얼굴 둘레에 묶어놓은

　　　　　얼굴 둘레에 어머니의 머리스카프"

그리고 파노라마, 일렬종대로, 그리고 굶주린

예식구두 속 양말들!,

　　　이전이나 이후에

　　　　　내가

한 번이나 매번

　　네가

어디인가 하면

　　　우리 그리고 그들 모두가

앉아 있다 가게 될 그곳에,

　　가고 가고, 상처입고 가게 될 때,

　　　밀월에 죽음을 맞는 이들,

　　뒤에 남겨진 이들,

물러나 사는 이들

　　언덕 위에

　　　어떤 말도 돕지 못하는,

　　어떤 죽음도 고즈넉하지 않고,

　　어떤 충격도 너무 갑작스럽지 않고,

　　언제라 해도 너무 이르지 않고,

　　어떤 잠도 너무

　　　평온하지 않은,

　　　　　불안한 ,

불안한,

　　평온한.

　　　　"평온⋯⋯⋯⋯⋯⋯한"

　　　"평온⋯⋯⋯⋯⋯⋯⋯⋯⋯⋯한"

　　"평온⋯⋯⋯⋯⋯⋯⋯⋯⋯⋯⋯⋯⋯⋯한"

산책의 끝

발라르 - 샤랑통 지하철

해 질 무렵에 나는
모트 - 피케 - 그르넬에서 지하철을 탔다.
본느 누벨에서
파리스콥을 뒤적거리길 멈췄고,
필 뒤 칼베르 역에는
음료수 자판기가 비어 있었다.
도메닐에선
쇼윈도에 신발이 진열되었고
아직 포르트 도레에 도착하기 전엔
통로로 빛이 비쳐드는 걸 보았는데,
(마른 강이 센 강과 만나는)
샤랑통 - 에콜을 지날 때는
벌써 밤이 되었다.
그리고 환한 서부 어딘가에서
〈영 미스터 링컨〉을 상영하고 있었다.

여기 있는 동안, 나는 어딘가 다른 곳에 있다 –
더 앞선 혹은 되돌아간
어딘가 다른 곳에 두 번째 사람으로,
평온이 없는, 자기가 아닌 사람.
내가 오직 여기에만 있고
내가 오직 지금에만 있을 때,
나는 평온 그 자체.

즉흥시

마침내 자정 무렵
아들들이 극장에서
처음 듣는 말투를 배워 돌아오고
소파에 앉은 고단한 부모들은
무력하게 따라 웃는다.

나의 무엇도 서로 건드리지 않는다.

발가락이 발가락을

다리가 다리를

팔은 머리를

손가락은 손가락을

입술은 입술을 건드리지 않고 –

겨우 눈꺼풀만 눈에 닿을 뿐인

평화

위협적인 시

W.S.에게

왕년의 스포츠맨이 여름밤을 걸어간다
그가 신은 댄스슈즈엔
토사물이 튀어 있다

희부연 습기 속 도시 외곽 교차로에서 그는
산꼭대기 십자가를 바라보며 몸을 기댄다, 마치
반 친구들과 다흐슈타인에서 추위에 떨고
제일 친한 친구가 그의 사진 찍어주었을 때처럼

그때처럼 그는 손뼉을 쳐보고 노인의 웃음을 짓는다
물론 지금은 미지근한 여름밤
게다가 아무도 그의 사진을 찍어주진 않지만

케이블카 바다 위에 스키신발이 진동하는 그러한 밤이다.

개울물은 얼음장 저 밑에서 쏴쏴 흐르고
살무사는 월귤나무 수풀에서 빠져나와
수많은 정장바지들로 날래게 움직여간다.

컴컴한 밤, 그의 무심한 눈에
휘황한 공항버스가 바라보인다, 사람들이
위장 속의 기생충처럼 꾸물거리는.

그는 중앙저축은행에서 일했다.
어려서부터 한 몸으로 살아온 스키도
이제 더는 그를 말해주는 무엇이 아니다.
 – 옛날에도 잠자리들은 춤을 추었다,
마시면 안 되는 산속 연못 물 위에서.

늙는다는 것

내 앞 말끔히 빛나는 테이블에

선이 부드러운 숟가락 하나 놓이고

즉흥시

사선을 긋는 굵은 빗줄기
처마에선 방울져
수직으로 떨어지는 빗방울 몇,
사랑하는 이가 내게로 오고 있어
두근거리는 가슴

보름달

서리 내린 풀

샛별

기차소리

창문 불빛

탄산 소음

입맛 다시는 고양이

국제도시

하늘 앞에 드리운 가지를 마주하고 –

신이 나타나길 기다리는 것은 분명 아니다.

그러나 지금 볼 수 있는 것보다

더 많이 보기를 기대하고 있다.

그리고 나는 안다,

내가 훨씬 더

더 많이 볼 수 있음을.

그런 생각을 하자, 내 안에서

숫자를 헤아리는 조바심이 사라져버렸다.

어제 오전

바람이 바람 속에서 세차게 불고
하늘이 하늘에서 파랗고
태양은 태양 속에서 빛나고
바다는 바다로 거듭나고 있었다.

한밤의 껴안음
그녀는 손을 펴고
작은 유리구슬을 내보였다.
그러자 그의 주먹에서
주먹만 한 수정구슬이 나타났다.

그럴지도 몰라,

내가 너와 만나며

네가 나와 만나며 한 일은

그저 더듬대며 말한 것뿐.

하지만 이 더듬는 말이

우리 둘이 세상에 남긴

가장 아름다운 것이 될 거야.

당황해서 닥치는 대로

더듬던 우리의 이 말들이

우리의 인간적 유산이 될 거야.

실연

나는 자리에서 벌떡 일어났다.
(미친 사람처럼 상기된 얼굴로)
실내 바닥은 거울처럼 비췄고
도로에서 뜯어낸 돌조각처럼
사태는 손바닥에 놓여졌다.
휙 달아나는 고양이에 내 칼이 꽂혔고
눈 들어 높이 바라보려 해도
바깥세상이 더는 존재하지 않았다.

눈물을 흘릴 때가 있네

그의 눈은 사물로 가득 찼고
그의 눈은 눈물로 가득 찼네.
Sunt lacrimae rerum •

• "눈물을 흘릴 때가 있으니"

가장 놀라운 공간
가장 놀라운 거리
가장 놀라운 사이가
알려주는 천사와
처녀로 수태할 사람에 있다.
들에 핀 백합과
여섯째 날 백합 사이의 거리

서정시인은 집 안에 잘 있고
서정적 산문가는 언덕 위로 오르고
서사적 산문가는 배를 타고 떠나리.

크누트 함순을 위한 론도의 파편

배가 고프지 않다:
존재함으로 가득 차서

"배고픔으로 허하다면" –
배고프지 않으면 강할까

목이 마르지 않다...

한동안

고마워요
나, 잘 해나가고 있어요
당신 없이
한동안

해에서 유유히 걸어 나와
왜 나를 찾아내지 않나요?
햇빛부인,
나 지금 시간이 있는데.

황금시대

왕은 도적처럼 기뻐하고
도적은 왕처럼 기뻐하고

아침에 부쳐

아침 하늘 환하기 전에 깨어나니,
아직 어둑한 지붕들 위로
굴뚝들은 느린 연기를 풀어내고
새들은 "*Sine fine dicentes*"•
모든 사랑은 살아 있으라.

• 끝없이 지저귀네

겨울에 부쳐

"이번 가을이 너무 오래 가는구나.
나무들의 동요가 잦아들질 않는다."
의미의 혼란
그리고 공간의 위기.
여러 공간에서 진행되는 계절이
평범한 영원으로 납작해진다.

그런데 오늘은 잎사귀 몇 개가 투명한 겨울로 돌아섰다.

"집들을 에워싼 새로운 냉기와 새로운 공간,
그리고 후방은 하늘!"
나는 반갑게
어수선함을 참고
자잘한 일들을 해치웠다.

사형집행자들에게 고함

그대들은 "도당"이며 "살인자", "범죄자"로 불린다.
내가 나 자신을 이해하려 하는 것처럼,
살인자나 범죄자에 대해선 납득해야 할 때도 있다,
예를 들어 내가 누군가를 죽여, 범죄자가 될 수도 있다.
그런데 그대들은 "특공대"라느니, "여단旅團", "군대"라는
이름으로 등장하여 "인질"을 잡고
"인민의 이름으로 억류"하며
그들을 "처형"한다.
내 형제들아, 살인자가 아니고 범죄자가 아니다, 그대들은
병사들이요, 판관이며 사형집행자들이다.
사형집행자를 이해할 자가 누구인가?
나를 아연하게 하는
역사의 산물
그대들을 나는 이해하지 못하겠다
그리고 나는 그대들을 경멸한다
그대들의 선조에 대해 그러하듯이

색깔들:

나는 여기 있다.

나는 강가에 있어.

강가에 나는 있다.

난 눈밭을 가로질러 가지

눈밭을 가로질러 내가 간다

여름정원의 하루

오후엔 아카시아
잎사귀 몇 개 떨어지고
저녁 텅 빈 부엌에
전등이 흔들거렸다.

우물 지붕에 앉은 지삐귀,
여명의 실루엣.
수로를 따라 자전거 달리는 사람,
저녁이 올 무렵의 실루엣.
그리고 사과나무 가지 너머에
빛나는 오리온성좌,
겨울의 실루엣.

낮에는 여기 나와 여기 너 사이로
얼룩무늬 고양이가 달려갔지.
그러다 밤에는
- 오, 그 몸뚱이라니 -
어두운 고슴도치가.

이상한가?

최후의 만찬 때
예수의 어깨에
기대어 쉬던
요한이
그러고서
계시록을 썼다니,
신이 다시 오신다고?
좀 이상하지?
예수님께 기대고도
위안을 얻지 못했다니,
혹은 신의 재림이
계시되다니,
순서가 반대인가?
아니면 역시 반대로인가?

햇빛 속을 예쁜 그녀가 지나갈 때,
나는 그녀에게 여길 보라 손짓을 하네!
생각이 나면 작정을 하고,
작정을 하면 문장이 된다.

"햇빛 속을 예쁜 그녀가 지나갈 때,
나는 그녀에게 여길 보라 손짓을 하네!"

풍경 속 등나무들이여!

너희에게 어울릴 명사와

부사와

호칭과

동사를 내 너희에게 손수 지어 주고 싶구나 :

등나무, 포도창고대야에담길입술모양꽃들

연푸르게만져질촉촉함

나의 정당함이여!

나를 하늘나는심장으로 만드는구나

굽이치며 흐르는 강물이 기분 좋아:
환한 물줄기가 기분 좋아
컴컴한 땅이 기분 좋아
곡선으로 휘는 게 기분 좋아

여름나무들이 수런거린다

가을나무들이 바삭거린다

겨울나무들이 삐걱거린다

아무도 없다

느린 사물과 얘기를 나누어라
느린 사물의 빛과 얘기를 나누어라
느림의 빛 속에 있는 사물과 얘기를 나누어라

황무지에 우뚝 불거진 바위

그 위에 유모차 한 대가, 눈에 안 보이게 밀고 당겨지는 중 :

우리 무언가를 해야 해요!

헤이 노래들

"헤이 쥬드"
"헤이 죠"
"헤이 미스터 탬버린 맨"
"헤이 비욘다"
"헤이 모나"
"헤이 보니타"

생각은 환하게 넘치지만

애타게 사랑을 갈구하면서

너를 위해 시 한 편을 쓰고 싶다

정적 속: 광장

정적 속: 도착 대기실

정적의 보물창고

바실리카 회당에서의 작별

흐려지는 얼굴 – 다채롭게 꾸민 표정
어느 한 순간 장면에서 너는 영영 사라졌고
뺨 대신 소용돌이로
눈동자 대신 가늘게 뜬 눈으로
마스크를 암시하였다.
하지만 내 발밑의 돌바닥,
깔려 있는 돌들이 너를 다시 가깝게 하지.
돌 속으로 가라앉으며 나는
돌들로 우리를 무겁게 짐 지운다.

우리 육체에 얹힌 굉장한 무게,
나 다시는 마스크를 보지 않으려 해.

오스트리아 시편

1.
시에서는 동떨어진 사물들이 함께한다
한 편의 시는 하나의 선언이다

2.
지금!
말오줌나무숲에 내린 아침햇살

3.
아카시아 가지, 가을하늘의 소용돌이
평화의 가지

4.
어제 기차에선 소설 『갑자기 낯선 사람처럼』
오늘 눈밭에선 먼 곳으로부터 물소리
갑자기 근처에서도 들렸고

5.
눈사람을 바라보고 있기 힘들 때가 있지

하지만 그 대신 한 아이가 힘찬 발걸음으로
계단을 하나 오르네

6.
오전엔 시골 헌병의 자욱한 향수구름
오후엔 불빛 환한 쇼윈도의 유머

7.
저녁, 바깥 먼 평지의 기차 기적이
낮 동안 열어둔 마음의 문을 걸어 잠근다.

8.
해가 지며 산의 윤곽이 또렷해지고
낙엽송 너머로 달이 뜬다.
하나가 다른 하나를 내놓으니
사람들이 기뻐한다.

9.
하나가 다른 하나를 내놓으면
사람들은 기뻐한다.
그런데 기쁨도 다른 걸 내놓는다.

10.
박새의 하얀 얼굴,
어둠 속의 한 점.

11.
여기 멧노랑나비,
작고 노란 책장을 팔락이며
저기 푸른 셔츠로부터

12.
알래스카 유콘 매그놀리아 시 너머에서
회전하던 달은 물방아 바퀴였다

13.
아침엔 나치의 기장도
가볍게 건너뛰었건만,
저녁엔
철학의 순간이 찾아와

14.
"좋음이란 것을 저는 모든 종류의 기쁨과
더 나아가 기쁨으로 인도하는 모든 것으로 이해합니다."

›

15.

"현실과 완전함이란 것을 저는
똑같은 하나라고 이해합니다."

16.

생각은 활활 타오르지만
애타게 사랑을 구하면서
너를 위한 시 한 편을 쓰고 싶다.

산책의 끝

1.
누추한 혼자의 삶
냉기
밤
입술에 덮인 막
내리뜬 눈

2.
안개비 내리는 번화가 어둠 속
난 너를 생각하고
너를 껴안고 싶어서
손바닥이 뜨거워지는 걸 느낀다.
생각 속에선 네 옷을 거칠게 벗겨내린다,
너에게 더 가까워지려고.

3.
혼자 사는 게 문제인 듯 여기지만
어쩌면 그건 고정관념일 뿐,
마치 빨리 부패할까 봐
여름에 죽기를 겁내는 것처럼.

›

4.

앞서 가는 여인 :

짧은 머리에 뒷덜미가 탄탄한

그대 역시도

언젠가는 **상실**을 경험할 거야 –

스쳐가는 상상, 요란한 소리를 내며

그대 목뼈에 기요틴이.

5.

라스파이 지하철:

환한 정거장을 떠나

섬뜩한 어둠 속

터널로 사람들이 떠난다.

터널 벽의

희미한 불빛들과 함께.

6.

배수로의 물이

은박지 위로 그늘을 드리우듯 흐르고

갑자기 치아에 시린 통증이 온다.

7.
세 개의 해골 :
카페에 앉은 젊은이 셋이
앞이 트인
안전헬멧을
옆 바닥에 내려놓았다.

8.
자정 무렵 술에 취해
카페 화장실에서
고딕식 교회 유리창을 마주보며 소변을 누고
집으로 가는 길,
저쪽 멀리 거리가 끝나는 곳에
환히 빛나는 지하철이
어둠 속을 달리는 걸 본다,
하루의 마지막 뉴스를 전하는
움직이는 전광판처럼.

9.
생 제르맹, 토요일 밤.
한편에선 길거리
민속음악 앞에 모여 섰는가 하면,

다른 한편에선 미쳐버린다.

10.

이봐요, 거기, 길모서리에 당신:

고독한 현대인에 관한 얘기는

그럭저럭 다 알게 되었거든.

이제 당신도 사라져야지,

밤바람 부는 길모서리에서.

11.

저기 레스토랑 안에서 너는

담배를 피울 때 그녀를,

얼굴이 큰 낯선 미녀를 끌어당긴다.

거리를 걷다가 나는

너의 얼굴을 보았지만,

기억이 피어나며

그 얼굴 희미해진다.

12.

지하철 객실 접히는 의자에

한 부인이 눈을 감고 앉아 있다

마치 거기서 죽음을 맞기라도 하는 것처럼

슈퍼마켓 계산대의 한 여점원이
고개도 돌리지 않은 채 비닐봉지를 던지고
그 의기양양함으로 부인을 말없이 떨게 만들었다
집에 도착하면 부인은 도움을 청하듯이
사봉 드 마르세이유 이름도 날아갈 듯
우아한 비누의 향기를 맡고
큼직한 덩어리에서 철사로 잘라낸
신선한 버터 한 토막과
아직도 마트의 냉기가 가시지 않은
차가운 사과의 향을 맡는다

13.

맘마 로마에 나왔던 안나 마냐니 :
그녀는 아들이 죽었다는 소식을 전해 듣고
아직도 침대엔 아들의 물건들이 놓여 있는
아들의 방 창문으로 밖을 내다본다.
도시 외곽의 신축건물들과
그 뒤로 **영원한 도시**의 무자비한 돔을 –
제한된 세계에서
고통의 우주로 옮겨져

14.

마주 오는 사람들이
오늘따라 무척 친근하게
나를 바라본다.
시간이 문제일 따름인 사람들
모두에게 그런 것처럼
그들은 도통하고 시간을 앞지른 것인가?

15.

몽파르나스 묘지.
때는 오후
고양이들이 마치 삶의 순간처럼
무덤들 사이로 뛴다,
삶의 순간들이 마치 고양이처럼
커다란 공원 무덤들 사이로 뛴다.
수북한 마른 단풍잎들이 바스락대고
하늘엔 구름이 지나가고 있다.

16.

기분 좋게 일하다가
카페에 갔어
난 주크박스 앞에 섰고
바에는 흰 장화를 신은 여자가 서 있었지

이러면 원래 이 시는 계속되어야 하는 건데

17.
고통에 눈 먼 유랑자여
길 따라 왕복하는 산책자들에게
네가 거기 있음이 알려지기 전에
나는 타자기 앞에서 정신을 모아
공식적으로 확인되지 않은
너의 여백의 시간을 포착한다
내 말들은
너를 위해
나는 빼고
확고하게 여기에 선다

지속의 시

르네 칼리스키와

그가 떠난 방을 기억하며,

내가 짧게 스쳐갔을 때.

오래전부터 난 지속에 관해 써볼 생각이었지.

논문이나 희곡이 아니고, 소설도 말고 –

지속은 시가 되려는 것.

한 편의 시로 물음을 던지고

한 편의 시로 기억을 더듬어,

지속이란 무엇인지

한 편의 시로 주장하고 보여주려 한다.

자꾸만 나는 지속을 경험하곤 했지.

어느 이른 봄날 퐁텐 생트–마리에서,

포르트 도퇴유의 밤바람을 맞으며,

카르스트 지대의 여름 햇볕 아래,

날 하나로 안아줄 고향 가던 길, 해 뜨기 전에.

지속이라는 것, 그것은 무엇이었나?

지속은 시공간인가?

잴 수 있는 것? 명징함일까?

아니, 지속은 하나의 감정,

가장 쉽게 휘발되고 마는 감정,

눈 깜짝할 사이 지나가버리고 마는,
예측할 수 없고 다룰 수 없으며
파악할 수 없고 헤아릴 수 없는 것.
그럼에도 내가 지속의 순간으로
어떤 적수든 무장해제해
웃게 할 수 있었더라면, 그러면
난 내가 나쁜 사람이라는 편견을
다른 확신으로 변화시켰겠지,
"그 사람 좋은 사람이야!"라고 하도록.
만일 신이 존재한다면,
지속이란 감정은 내내 신의 자식이었으리.

어제만 해도 난 잘츠부르크의
장날 인파로 북적대는 바크광장에서
도시 끝 어디선가 들려오는 듯한,
내 이름을 부르는 소리를 들었고,
바로 그 순간
우체국에 들고 가던 중인
〈반복〉이란 텍스트를
가판대 앞에서 까맣게 잊어버리고
저 다른 음성을 향해 뒤돌아 뛰어가듯
귀를 기울였다, 25년 전에도

그라츠 시 외곽, 밤의 고요 속에
텅 빈 직선의 긴 도시 가장 먼 끝으로부터
어제와 비슷하게 염려하는 목소리가 하강한 듯
나를 향해 왔었고, 나는 그것을
이를테면 지속의 감정이라고 생각했다.
귀를 기울인다는 하나의 사건,
깨닫는다는 하나의 사건,
에워싸인다는 하나의 사건,
맞아들여진다는 하나의 사건이라고.
무엇으로부터? 또 다른 태양으로부터,
어떤 싱그러운 바람으로부터,
소리 없는, 모든 불협화음을 교정하고
화합하는 감미로운 화음으로부터.

"몇 날이 걸리고 몇 년이 걸린다"
라고 한 괴테, 나의 영웅,
객관적 어법의 마이스터,
당신이 다시 한 번 옳군요.
지속이란 수십 년,
우리의 인생, 세월에 관한 것;
지속이란 생의 감정입니다.

어쩌면 말할 필요도 없는 일,
지속은
나날의 재난에서 오지 않고
반복되는 역경에서도,
새로 불붙어 오르는 투쟁에서도,
희생자 수를 헤아리는 동안에도
오지 않는다는 것.
늘 그러듯 연착하는 기차,
또다시 당신에게
더러운 흙탕물을 끼얹는 자동차,
손가락을 까딱거리며 당신에게
 – 어제는 말끔히 면도한 사람이었지만 –
길 건너를 가리키는 수염 기른 경찰관,
정원의 덤불 속 해마다 다른
자리에서 돋아나는 우산버섯,
매일 아침 당신에게 으르렁대는 이웃집 개,
겨울마다 다시 간지러운 어릴 적 동상凍傷,
꾸고 또 꾸는
사랑하는 이가 떠나서 놀라는 꿈,
두 숨결이 서로 낯설어지는
언제나 갑작스러운 순간,
세계탐험 여행을 마친 뒤

고향으로 돌아올 때의 딱한 기분,
첫 새가 울기 전 밤중에
수만 번 마음먹었던 죽음,
날마다 라디오의 테러 소식,
날마다 차에 치이는 어린 학생들,
날마다 마주치는 낯선 눈빛들.
이것들은 사라지지 않지만
— 결코 사라지지 않고 영원히 멈추지 않겠지만 —
그러나 지속의 힘은 갖고 있지 못하다.
지속의 따스함을 발하지 않고
지속의 위로도 주지 못한다.

한편, 구분할 필요가 있는 일도 있다.
"놀라운 기적의 순간도
고요하고 강력하게 지속하는 행복을
만들어내지는 못한다."

후베르트와 펠릭스, 지난여름 우리는
돛배를 타고 터키 해안을 따라 항해하다
작은 만灣에 닻을 내렸고,
보트를 타고 뭍에 가 닿았지.

지난 두 주가 그랬던 것처럼

구름 없이 따스한, 바람만 조금 부는 날씨,

우리는 작은 언덕을 넘어 이웃한 만을 향해 걸었다.

가던 중에 나는 샐비어와 민트를 따 모았고

요리 솜씨 뛰어난, 아이 같은 펠릭스는 나중에

배로 돌아와 그걸로 가재에 양념을 했고.

이웃 만에는 한 그루 편도나무가 서 있었다,

조개처럼 반쯤 벌어진 열매들.

내가 나무에 올라 가지를 흔들자

땅바닥이 타닥타닥 울렸는데,

차가운 대륙의 공기로 돌아온

오늘까지 내 귀에

그 소리가 들려온다.

그리고 우리 셋은 와인 빛깔 바다에서 헤엄을 쳤지.

아득한 기쁨, 그래서 조금은 당황할 정도였다.

돌아오는 길에 우리는 포도송이를 따고

그 위쪽으로 이어진 물푸레나무의

누르고 푸른 열매들도 땄네.

벌들이 윙윙대는 소리와

열매를 탐내는 숫염소들에게 둘러싸여

아직 뾰족하게 익지 않은 석류를 땄지,

단지 우리가 거기 있었다는 상징으로

카로브나무에서

윤기 나는 돌처럼 단단한 콩알이 들어 있는

검고 기다란 콩깍지도 땄다.

우리는 모두 양손 가득

다시없을 향연의 마지막을 장식할 것들을 안고서

우리의 물가로 돌아왔다.

차일을 드리운 배를 바라보며

한참을 더 머물다가,

열기로 후끈거리는

매미소리 요란한 내륙 쪽으로 들어갔네.

비잔틴 양식의 옛 교회 잔해와

리키아식의 석관

뒤집힌 채 해안에 남겨진,

암석들과 거의 구분되지 않는,

돌로 만들어진 배를 둘러보았고,

그 여름의 유목민들이

나무줄기에 올린 침구도 보았지.

또 풀들의 향기와

우리 관광객을 위해 도살된 양들의

잔해 – 발굽과 털 조각과 피 – 의 냄새를 맡았고

분수처럼 찰랑이는 물소리와

물가에서 윙윙대는

홀쭉한 터키 말벌 소리에 귀를 기울이기도 했고.
너무나 특별한 오전이었기에,
비교하며 신화에 심취하던 후베르트,
나는 자네 마음을 알 수 있었지,
자네가 그 장소를 "성경 같다"고 했을 때 말이야.
예언자도 우물가의 라헬도
등장할 필요가 없이,
그 장소 자체가 성경 장면 같았던 거야.
하지만 내 감동과 고마운 마음은
순전한 게 아니었다네.
나는 답답한 기분과
슬픔, 고통으로 흐려져
돌처럼 딱딱하게 굳고 말았지.
나는 영영 세상 밖으로
쫓겨난 것처럼 느꼈다네,
저 순간들을 경험함으로써
살아 있을 권리를 잃은 것처럼.
나는 죽을 것 같았는데
행복에 겨워서가 아니었다.
배의 스크루에 머리를 넣을까 했다네,
언젠가 한 번 전망대 유리창에
머리를 박으려고 했을 때처럼.

그렇게 자신을 아름다움으로부터,

지상의 낙원과

성스러운 도시 시온, 또 기만적인 사랑으로부터

분리시키기 위해.

이런 상태는 바뀌질 않고

배를 타고 가는 나머지 시간 동안

나는 내내 멍해 있었네,

눈은 우울하게 열리고

암울한 심장박동을 느끼면서.

자주 그래왔던 것처럼

살려는 의욕은 오직

단어들 위로 몸을 숙이고

나날의 일을 할 때뿐,

근원적인 이름들,

위인 아이스킬로스의 태곳적 말들, 이를테면

"모든 창조의 어머니인 대지", "헤아릴 수 없는 파도들의 웃음소리" 같은 말,

또 "별의 눈" 같은 고전 그리스어로 우리의 "번개"를 새롭게 할 때나.

아니, 내가 누리던 그날 이미 나는 깨달았네,

지속이 결여된 기적이라는 것은,

그 순간을 꽉 붙들 수는 있지만

그런다고 해도 내겐

그럴 자격이 없다는 것을.

나는 생각했지, 집으로 돌아가자, 집으로 가는 수밖에,

내 초라한 정원으로.

우중충한 풀들과

민들레 (끄트머리엔 오그라진 꽃이 아직 남아 붙어 있지),

점점 넓게 뿌리를 뻗어가는

쐐기풀 (나비들이 붙는 자리)과

성모초에 맺힌

은빛으로 빛나는 둥근 이슬방울을

나는 저버리고 있었던 거야.

내게는 어울리지 않는

지중해의 화려함에 빠져,

꽃피는 연푸른 아욱과 연자주 제라늄,

희고 작은 백리향을 놓치고,

열매 익는 엘더베리와

(수풀 가득 먹는 소리를 내는 지빠귀들)

목둘레 받침에 싸인 개암나무 열매,

(수풀 가득 먹고 뱉는 다람쥐들)

여왕배와

(나무엔 온통 달라붙는 벌들,

땅바닥엔 침 흘리는 달팽이들)

가을, 호두나무의
막 시든 잎사귀들 바삭거림을
나는 잊고 있었던 것이다.
그렇게 내가 다시 깨달은 것은,
황홀이란 늘 너무 과도하다는 것,
이에 반해 지속은 적당하다는 것.

하지만 고향집 정원에 마음을 둔다고 해서,
고정된 거처가 있고
익숙한 일과가 있다고 해서,
지속에 이를 수 있는 것은 아니다,
지속은 여러 해 동안 날마다 행한
일상의 일들로부터 오는 것이지만,
어느 장소에 머문다거나
친숙한 일과를 하는 것과는 상관이 없다.
늘 앉는 자리에 앉았다고
 ―"고요히 앉아" 있으면
마음이 "거룩"해진다고 했지만―
내가 지속을 경험한 적은 한 번도 없었다.
단골집 식탁에 앉아서도
 ―그럴듯한 간판을 단
유서 깊다는 숙박식당은

내 취향에 맞지 않아서 –
나는 지속을 경험한 적이 없고,
"영양식"을 먹으면서도,
"가장 좋아하는 노래"를 들으면서도,
도보여행 중에 "나의" 루트를 걸으면서도,
나는 한 번도 지속을 경험하지 못했다.

아마도 지속은 해가 가고 해가 오는 와중의 모험,
일상이라는 모험의 일환인가 하지만,
지속은 게으른 자에게 일어날 사건이 아니고
(활발히 움직이는) 여가시간의 어떤 모험도 아니다.

그렇다면 지속은 일과 연관된 것일까,
노고와 업무, 준비된 근무태세에?
아니, 만일 그렇게 일관된 것이라면,
지속은 아마 규정을 요구했겠지.
하지만 지속은 시를 찾아 헤맨다.
나는 여행을 하는 사람이었을 때도,
꿈을 꾸고 귀를 기울이는 사람이었을 때도,
유희를 하거나 관찰하거나
스포츠 경기장 또는 교회에서도
수많은 화장실에서도

그것, 지속을 경험했었다.

그럼에도 나는
지속의 본질에 접근해
그것을 드러나게 하고
그것을 정면으로 대하고
그것을 움직이도록 하고 싶다,
매번 나를 도약케 하는 그것을.
하지만 그러자니 처음엔
그저 장황하게 부스러기 단어들만 떠오르네.
샘물, 첫눈, 참새, 옥잠화,
내일이 오면, 저녁이 되면, 반창고, 화음.

지속은 장담할 수 없는 것,
날마다 미사에 가는
경건한 이도,
기다림의 예술가라 할
끈기 있는 사람도,
흔들림 없이 언제나 그대에게 있어줄
의리 있는 사람도
일평생 확신할 수 없으니.
내가 안다고 믿는 바, 지속은

자신의 일에 머무는 데에
성공할 때만
비로소 가능해지는 것이다.
조심스럽게,
주의 깊고 느리게,
손가락 끝까지 생생하게 깨어 있어야.

그런데 내가 머물러야 할
자신의 일이란 무엇일까?
생기 있는 것에
 ─ 그런 어느 한 가지에 ─
끌리는 마음과
(단지 상상일지라도)
연결되어 있다는 느낌을 주는 것이
자신의 일이다.
거창한 것이 아니다.
특별한 것도, 특이한 것도, 인간을 뛰어넘는 것도,
전쟁도, 달 착륙도,
어떤 발견도, 세기의 걸작도,
산 정상 정복도, 가미카제 비행도 아니다.
세상 저 끝에 사는
수백만의 사람들

세계 저 끝에 사는 사람들과도
마치 이웃처럼 내가 함께 하는
자신의 일이라는 공통점으로
여기 내게서와 마찬가지로
저곳에도 동일한 세계의 중심이 생겨난다.

그렇다, 세월이 가며 지속이 솟아나는 일,
본질적으로 눈에 보이지 않고
말로 할 무엇이 되지 못하는 것,
그러나 그걸 글로 써 붙들 가치는 충분하다.
분명 내겐 중요한 일이고
나의 간절한 사랑이기 때문.
그러므로 나는
내게서 지속의 순간이 솟아나도록,
내 굳은 얼굴에 그 흔적 새겨지도록,
내 빈 가슴에 심장이 들어서도록,
나의 사랑을,
세월 가고 세월 오는 내내
기필코,
연습해야 하리라,
내 마음에도 들고 또 내게 중요한
일이 점차 희미해지지 않도록

계속 그것에 머물면서,
그러면 어쩌면
그야말로 예기치 않게
사소한 일들을 하다가 자꾸만
지속의 전율을 느낄지도 몰라,
조심스럽게 문을 닫다가
가만가만 사과껍질을 벗기다
유심히 문지방을 넘다
실밥 위로 몸을 숙이다가.

지속에 대한 시는 한 편의 사랑시,
한눈에 반한 그런 사랑
그러고도 수없이 첫 순간이 반복되는
사랑에 대해 말한다.
그런 사랑이
어떤 행동으로 지속을 만드는 게 아니다.
오히려 행동 이전과 이후에 지속은 찾아드는 것,
사랑할 때 달라지는 시간감각에 의해
이전이 이후이기도 하고
이후가 이전이 되기도 하였다.
우리는 하나가 되기 이전에
이미 하나가 되었었고,

이미 하나가 된 뒤에도
계속 하나로 합해졌었다.
그렇게 여러 해 동안 우리는
허리에 허리를, 숨결에 숨결을 대고
나란히 누워 있었던 거다.
너의 갈색 머리칼은 붉어졌다가
금발이 되었고.
너의 상처 자국은 점점 늘어나더니
찾을 수 없게 되었다.
너의 목소리는 떨리다가
단단해졌고, 속삭이고 떨리더니
노래로 변했다.
너의 목소리는 온 세상의 밤에 유일한 소리,
잠잠히 내 곁에 있었다.
너의 매끈한 머리칼은 구불구불해지고
너의 밝은 눈동자는 어두운 색이 되고
너의 넓은 치아는 작아지고
너의 팽팽한 입술은
부드럽고 연한 모양이 되었다.
너의 미끈한 턱에서
전에 없던 파인 자국이 만져지고,
우리의 몸들은 다른 몸을 아프게 하는 대신

유희하며 하나로 맞춰졌지.

그러는 동안 방 벽에는

거리에서 불빛에 비추어진

유럽 정원의 수풀 그림자가 움직이고,

미국산 나무들의 그림자가 움직이고,

사방엔 온갖 새들의 그림자가 있었다.

하지만 지속은

성적인 사랑에만 관련된 건 아니지.

똑같은 방식으로

지속은 당신이 자신의 아이를 향해

끊임없이 행하는 사랑의 와중에 당신을 에워싼다.

그렇다고 꼭 껴안고

어루만지고 입 맞추는 행동이 아니라,

다시 사소한 일들의 우회로를 통해서 온다.

당신이 아이를 사랑으로 돌보는 방식,

아이를 평온히 놔두는

제3의 길이 바로 왕도이다!

당신이 아이와 누리는 지속,

그것은 당신이 차분히 귀 기울이는

순간 속에 되살아나고,

또 당신이 십수 년 전

"어린이 치수"의 푸른색 후드코트를

옷걸이에 걸던 때와 같은

신중한 몸짓으로

"성인 치수"의 갈색 가죽재킷을

전혀 다른 도시 전혀 다른 옷걸이에 걸 때도

되살아난다.

아이와 누리는 지속, 그것은

당신을 압도할 수도 있다

당신이 몇 시간째 방 안에 틀어박혀

스스로에게 유익하게 여겨지는 일을 하는데

그런 고요함 속에서 전부가 온전해지려면

아직 모자란 것인

집 문 열리는 기척을 들을 때마다.

아이가 돌아왔다는 신호,

소음에 예민한 이들 중에서도 가장 예민할 당신에게

이제 저 소리는 더없이 아름다운 음악처럼 들릴 거다.

당신이 자식에게서 느끼는 지속은

당신이 몸을 숨기고서

몰래 자식의 일상적 경로를 바라볼 때,

더할 수 없이 강렬하게 느껴진다.

자식이 올라탄 버스보다 앞으로 가서

창가 낯선 사람들 사이 그 친밀한 얼굴이

지나쳐 가는 걸 바라볼 때면,

혹은 그저 멀리에 서서
자식이 사람들 속에 있는 모습을,
다른 사람들의 보호를 받거나
다른 사람들의 주의를 끌거나
지하철 인파에 끼어 있는 모습을 바라본다면.

그런 지속의 순간들에 대해
시는 특별한 표현을 사용할 수 있다.
그런 순간들은 당신에게 별빛을 쏟다.

하지만 스스로에게 마음을 쏟으며 해를 넘길 때도
지속을 느낄 수 있다.
나 자신을 다정한 눈빛으로 바라보는 것이
때때로 날 자유롭게 해준다.
어린 시절의 나를
생각할 수 있다는 건,
이미 어린 나를 다시 찾았다는 뜻.
내 결점을 (습격하지 말고)
감싸듯이 대하기,
내게 부당한 일이 일어났을 때
나에게 유일한 사람인 나를 달래주기,
행복을 뜻하는 말을 이겨내고

가슴 적당한 부위를 두드리면서
정글 같은 내 방에서 "그래"라고 부르짖기,
이런 행위로
최상급 포도주처럼 (다른 작용도 있겠지만)
나를 젊게 만들 수 있다.

사실 지속의 감정이란
사소한 사물들과의 마주침에서,
눈에 잘 안 띌수록, 더 잘 우러난다.
여러 번 이사를 했는데도
내 곁을 지켜준 숟가락처럼,
수많은 욕실을 전전하며
내내 걸려 있던 수건처럼,
몇 해 동안 창고나
다른 어딘가에 치워두었다가
이제 다시 자리를 찾아,
원래 자린 아니지만 어울리는 곳에 놓인
찻주전자나 끈으로 엮은 의자처럼.

그러니 결국,
지속의 장소를 가진 모든 자여, 복 있으리.
그는 낯선 곳에 처하여

자신이 온 곳으로 돌아갈 전망이 없다 해도,
더는 고향에서 추방된 자가 아니다.

지속의 장소들은 빛이 나지 않아,
어떤 지도에도 나와 있지 않거나
아무런 이름이 없을 때도 많다.

〈그리펜 호수〉는 외지인이 알지 못하는 곳,
내 출생지인 그곳의 아이들도
근방에 호수가 있는 걸 거의 알지 못하겠지.
두 차례 전쟁 사이엔
아직 저 호수의 수련과
〈그리펜의 그리펜 호수〉라는
글씨가 인쇄된 그림엽서가 있었다.
하지만 금방 사라져버릴 거라는
-도로설계자는 그렇게 생각하는-
저 큰 웅덩이가 내게는
오롯한 지속의 장소이다.
어린 시절에 나는 할아버지와 함께
가축사료를 베러 그곳에 가곤 하였다.
쭉 뻗은 아스팔트 길 저 너머,
또 쇄석이 깔린 '구시가' 저 너머,

산기슭 움푹한 낮은 지대에 호수는 숨어 있었다.

중세시대에 그 산의 이름을 딴

〈발러베르크 전투〉가 있었다기에,

나는 저 14세기로부터 남은

녹슨 무기의 잔해를 찾아,

몇 번이고 산을 뒤지고 다녔었다.

우리는 거의 네모난,

방언으로는 〈쉬나켈〉이라 하는

조각배를 타고서 기슭을 출발해

장대로 빽빽한 갈대를 헤치며 나아가

우리가 소작하는 곳으로 갔다.

그곳에 우거진 축축한 녹색 수초는

젖소들이 가장 좋아하는,

젖을 잘 나오게 한다던

〈하쉬〉라고 부르던 식물,

지금 내 책상 위 한 옆에는

마른 풀줄기 하나가 놓여 있다.

그리펜 호수 아닌 전혀 다른 곳,

트리에스테의 도베르돕이라는

독특한 카르스트 지대의 호수에서 가져온

풀이 내 손바닥 사이에서 바스락거리고,

그러면 내게는 다시 그 시절

우리의 조각배에 떨어져 내리던

때 이른 빗방울 소리가 들린다.

얼룩진 마른 줄기, 곰팡이가 핀 걸까,

부스러뜨리면

속심에서 먼지가 나고

어떤 풀에서도 맡지 못한 달콤한 향기가 난다.

그리고 이제는 소의 입안에서

우적거리는 소리가 내게 들려온다.

여름에 낫을 들고 일할 때는

늘 새벽녘,

그렇게 집을 떠나 있을 동안

집에서 노인의 병든 아내는

소리 없이 생을 끝마치고 있었다.

조각배는 시간이 갈수록 틈이 벌어져

검은 진흙물이 올라왔고

그 속엔 거머리도 들어 있었다,

할아버지는 당신과 아이의

똑같이 하얀 다리에 거머리를 붙이셨는데,

건강에 좋다는 이유였다.

그 벌레처럼 작은 생물이

피부에 달라붙어

날카로운 속니를 박고

민달팽이만큼 부풀 때까지 기다렸다.

지금 그 호수엔 수로가 설치되어,

나머지 구역은 갈대와 덤불만 우거지고

물의 눈을 잃고 말았다.

가족이 가졌던 배는 그 지역 경계를 넘어

라고 디 도베르도,

근방에서 통하는 슬로베니아어로는

도베르돕스코 예제로로 보내졌다.

거기선 오리나무 장대로 노를 젓고

거머리 대신 소금쟁이가 있다지만,

두 호수를 지배하는 것은

똑같이 감미로운 지속의 고요함,

할 수만 있다면 나는 이곳의 호수든

저곳으로든 순례를 하고 싶다.

저 호수들의 정적을 맛보면,

나는 내가 하는 일이 무언지를 알고

그렇게 내가 누군지를 알게 된다.

나는 호수의 기슭에 서서,

눈과 귀를 열어놓고,

날이 저물도록 한다.

갖가지 물새들의 울음소리에

적막은 더 넓은 공간이 되고,

나는 소리를 깨치게 된다.

덤불 속 진흙에는 깊이 새겨진

말발굽의 자취.

한번은 그리펜 호수를 애틋해하며

물길에서 힘껏 버티며 거슬러 올라간 적이 있다.

(호수를 통과하려면 다른 길이 없기도 했는데)

발길로 맑은 물이 흐리도록 휘젓자

바닥에선 모래구름이 일고

무언가가 희미하게 빛나면서

내 허리에 띠를 둘렀다,

은빛 나는 알갱이가, 아마도

흑해에 어울릴 법한 것이.

사라져가는 이런 호수와는 반대로

포르트 도푀유는 어떤 파리 지도에든 다 나온다.

도시의 서쪽 관문 위상을 지닌 포르트 도푀유는

해가 갈수록 내겐 더욱 뜻 깊은 곳이 되었다.

동쪽, 북쪽, 남쪽 방향에서 오는 도시의 수많은 도로들이

지대 높은 이 넓은 광장으로 모였다가

볼로뉴, 생-클로드 그리고 베르사이유로 빠져나가

노르망디와 바다까지 이어진다.

도시 경계의 하늘 아래 끝없는 차들의 굉음과 진동

그리고 종착역 구식 기차의 덜컹거리는 소리가 들리고,

광장 너머에서 우선 눈에 띄는 것은

그저 불로뉴 숲의 소나무와 삼나무, 플라타너스들 따위지만,

포르트 도퇴유가 마치 메트로폴에서 곧장 열대우림으로

이행하는 통로인 것 같은 느낌이 점점 강해진다.

낯선 타지인 이 광장도 내게는

그리펜 호수처럼 어느덧 세상 속의 순례지,

지속의 기적을 고대하기에

(물론 확신할 수야 없지만)

나는 때때로 그곳을 찾아간다.

파르크 데 프랑스 축구장 부근과

경마장 사이에서 보면

포르트 도퇴유는 전혀 파리 같은 느낌이 아니다.

어느 교외식당의 이름은 〈엡솜 태번〉이고

운동기구 상점들이 늘어서 있으며

웅장하고 음침한 저택들은

밀라노의 분위기를 풍긴다.

세상 곳곳의 모습이 다 모인 듯한

이 광장이

지속이 일어날 조건일까?

길옆 배수로엔 물이 흐르고

플라타너스 둥근 윤곽들이 흔들린다.

물푸레나무들에 바람이 들고

캄캄한 어둠 속에서

신호등 불빛들이

끝끝내 만족시켜 주지 않는 오락실 게임기처럼

쉴 새 없이 위아래로 색깔을 바꾼다.

그리고 사방의 자동차와 버스들이

노란 프랑스식 헤드라이트를 번쩍이면서

윙윙 소리를 내고,

보는 사람의 발밑 아스팔트를 울린다.

서른 살에 처음 내가

이 자리에 왔지만,

꼭 유년을 여기서 보낸 것만 같고

또 아직도, 언제까지나 그러고 있는 것 같아.

그래서 마음을 괴롭히는 것들,

이를테면 국경일 탱크들이

보도블록을 으깨고 조각내며 지나갈 때나,

취한 축구팬들이 위스키 병나발을 불고

자동차에서 뛰쳐나온 승객이

누군가에게 권총을 들이댈 때도,

불안하게 광장을 배회하는 나에게

이 지속의 장소에 대한 믿음은 다치지 않아,

나는 여전히 그곳에서 지속의 숨결을 느끼고 싶다.

하지만 내 최고의 지속의 장소는
클라마르와 뫼동 근교의 숲에 있는
퐁텐 생트-마리, 그곳 샘물은
길이 나뉘어 삼각 풀밭을 이룬
숲속 빈터에서부터 솟아나온 것이다,
숲가엔 작은 여관과 식당 하나,
외벽은 붉게 칠해져 있고 내부는 아늑한 곳,
거기서 여름이나 겨울에
빈터와 샘물 그리고
지평선으로 사라지는 황톳길을 볼 수 있다.
내게 세계의 중심이 어디냐고 묻는다면,
나는 퐁텐 생트-마리라고 답하겠다.
내가 아이를 학교에서 데려오려고
근교 도시 클라마르에서 숲을 통과해
다음 근교 도시인 뫼동으로 갈 때,
나는 매번 퐁텐 생트-마리에서 쉬었으니,
그곳이 나에겐 실로 중심이다.
요즘도 나는 시시때때로
이 코스를 반복해 왕복한다.
파리 근교에 흐르는 센

강물이 배수로를 따라 흐르고,

그것 말고는 사방에 아무것도 없다.

한때 개천이었던 물줄기는 땅속으로 사라지고

그 위로는 콘크리트가 덮였다.

세계적인 도시에서 만난 샘은

나에겐 퐁텐 생트-마리가 유일하다,

유일하게 자연적이고 살아 있는

그 물줄기를 향해,

자동차로 방해도 받지 않고

늘 걸어서 가다보면,

숲의 입구에서부터

어떤 끌림을 느낄 수 있다.

뒤엉켰던 생각들이 떨어져 나가고

내 생각은 세계에 관한 순수한 사유가 된다.

내 안의 여러 목소리들,

많은 목소리로 날 괴롭히는 수다 대신에

일종의 구원하는 침묵 같은

묵묵한 골똘함이 찾아든다.

그러다 그 장소에 도착하게 되면

내 최선의 생각이

선명히 떠오르는 것이다.

구제, 구제, 구제!

그렇게 부드러운 듯 강력한 충동이 들면

두 눈은 둥그레지고

귓속에선 소리가 울린다.

그리고 나는 빈 터에서

장소에 감사하는 축제를 누린다.

뒷다리가 꺾인 모양의 검정 도베르만이

내 무릎 뒤쪽을 쿵쿵거려도 이제는 상관없으리.

어떤 날엔 식당이 문을 열지 않고

또 샘물이 마르는 계절도 있지만

– 어쩌면 영영 콘크리트로 덮는 날이 곧 올지도 –

하지만 그런 건 문제가 아니다.

여기에 지속이, 그때나 지금이나

내가 둥글게 열린 시야를 그리는 장소가,

이른 봄 부스러지는 개암나무 꽃의

형상으로 덮인 땅이 있고,

물가 옆길로 긴 담벼락을 따라

지평선을 향하여 유모차를 밀고 가는

여인의 형상을 한 인류가 있으니.

아르투어, 지난 번 내가 파리에 갔을 때

우리 함께 퐁텐 생트–마리에 가기로 했지.

하지만 막상 너와 함께 가서는

한 시간쯤이나 같이 있었을까,
약속과는 달리 난 불현듯
혼자서만 더 있고 싶어졌고
그래서 널 돌려보냈잖아.
너는 이해해주었다.
　– 직업 번역가이며
또한 심정의 번역가인 너,
생각을 함께 나눠주고 텍스트를 연기하며
그리고 또 내 친구인 너는 –
아무런 설명도 안 했는데
흔쾌히 웃으며 물러나
손을 흔들고는 너의 도시로
포르트 데 릴라스, 동쪽의 문, 보랏빛 문으로 돌아갔다.
너도 내가 그랬던 것처럼
혹 지속을 동반자 삼아 홀로 있고 싶었을까.
그런 거겠지, 퐁텐 생트–마리, 혹은 포르트 데 릴라스,
너희, 사랑받는 장소들이여.

하지만 해마다
지속을 원하는 충동에 따라
영감을 주는 무엇을 위해
순례하듯 몸소 여행하는 것,

아직도 내게 그것이 진정 절실한가?
이전을 떠올려보라,
대주교 시대 이래로 정신을 추방하는
그대가 사는 도시의 거리에서 혹시
여행가방 (가벼이) 챙겨들고
역으로 가는 여행자들을 볼 때마다,
무엇에 찔린 듯 질투를 느끼던 것하며
혹은 서쪽 하늘로 아득한 선로의
저녁 열차에 앉은 상상만으로
가슴이 떨렸던 일을.

어느새 나는 지속의 장소들을 찾아
더는 세상을 여행할 필요가 없게 되었다.
시간을 여유 있게 잡으면,
방심한 와중에도,
느긋하게 전구를 갈거나,
손에 돌을 하나 들고 무게를 가늠하다가도,
홀연 그리펜 호수의 황홀한 정적이
내게 엄습해오는 것이다.
마차들이 종을 울리는 옛 시가 광장과
포르트 도퇴유의 넘실대는 인파가 가까운
퐁텐 생트-마리 삼각지에서 나는

나이를 잊고 힘차게 몸을 일으킨다.
나는 순례여행이라는 낭비 없이
지속을 맞이하는 자로
나 자신을 키워냈다.

하지만 집에서 웅크리고 있는 것으론 충분치 않아,
지속을 향해 마주 다가가야 한다.
사랑하는 것을 향해 가고
때로는 맹렬히 돌진해야 한다.
그것이 나를 숨 쉴 수 있도록 하고
오래 달린 것보다 더
원기 있게 버티도록 해준다.
집에 들어앉은 사람이 아니라
집을 향한 여정에 있는 자에게
지속의 손길은 다가온다.
도움이 절실한 오디세우스에게
아테나 여신이 그러듯이.
하지만 집에 있어도 지속은 자꾸만
내게 벗처럼 다가와 주곤 하지.
내가 바깥 정원에서 이리저리 거닐 때,
눈이 오고 비가 오고 볕이 나고 비바람 칠 때
둥글게 휜 회양목을 바라보는 동안

거미가 그물을 친 주목朱木과

허공을 휘감는,

카발라에 따르면 "소리를 조종하는

하늘의 새들"을 대할 때,

혹은 내가 방안에서

소위 집필하는 책상 앞에 앉아 있을 때,

지속은 찾아온다.

하지만 그럴 때는 내가 일에, 즉

글에 매달리는 것이 아니고,

흔히 곁가지 일들을 할 때이다.

의자를 뒤로 밀쳐 앉거나

옆에 놓인, 짧아진 연필들이

몇 년 동안 쌓인 통을 바라보고,

또 몇 년 사이에 늘어난

서랍 속 안경들을 힐긋 보거나,

바깥에 깊도록 쌓인 눈과

높이 자란 풀 사이로 고양이가

흔적을 남기는 모습을 바라볼 때,

철길을 구르며 달리는 열차의

덜컹거림, 기적소리가

바람 부는 방향에 따라

귓가에 들려올 때이다.

지속, 나의 평온이여.
지속, 나의 안식처여.

지속이라는 홀연한 시간이여,
그려낼 수 있는 공간으로
너는 나를 에워싸고,
너를 그려내면
연이어 다음 공간이 열린다.

언제나 사실인 것은,
지속은 사람이 모인 가운데 일어나는 경험이 아니다.
지속은 집단을 이루지 않는다.
그럼에도 나는 은총 같은 지속의 상태에서
마침내 나 혼자가 아니라고 느꼈다.
지속은 나의 통행세,
나를 통과시켜 존재하도록 한다.
지속에 고양된 나는
나이면서 또 다른 사람들이 된다.
내가 가기 이전에 그리펜 호숫가에 섰던 사람들,
나 이후에 포르트 도퇴유 주위를 걸을 사람들,
그들 모두와 함께 내가 퐁텐 생트-마리로 가게 될 사람들이 된다.

지속에 힘입어

하루살이 존재인 나는

앞서간 이들과 뒤에 올 이들을 내 어깨에 싣는다,

나를 일으켜 세우는 무게를.

지속이 은총인 건 바로 그 때문이었다.

그리고 지속의 장면과 음향은

특유의 아련한 빛과 소리를 갖지 않던가?

아침 웅덩이에 떨어지는 저녁 빗방울,

찻주전자에 휘날리는 눈발,

고가도로를 달려 잘차흐 강을 건너는

화물차에 붙어 있는 언제나 똑같은 문구들.

돌연한 지속,

이미 그것은 스스로 한 편의 시를 말한다.

말없는 박자로 내 혈관 속에

선한 것이 결국엔 이긴다는

서사시의 맥박을 울린다.

지속이 손을 얹어주면

상처는 아물고,

상처가 아무는 순간에야

나는 그 사실을 깨닫는다.

내게 결여되었던 건
바로 지속의 자극,
지속을 경험하지 못한 사람은
살아본 것도 아니다.

지속은 황홀에 빠지는 게 아니고
지속은 내가 정신을 차리도록 한다.
나날의 헤드라이트 불빛으로부터
나는 결연히 지속이란 미지의 안식처로 피신한다.

더는 아이가 아닌
어쩌면 이미 노인일 수도 있는
아이에게서
아이의 눈을 다시 발견할 때
다가오는 그것이 지속이다.

지속은 불멸의 것이 아니고
선사시대의 화석이 아니며
시간 속의 어떤 것,
부드러운 것에 있다.

지속의 눈물, 극히 드물다!,
기쁨의 눈물인 그것.

불확실하고, 요구할 수 없으며
기도하여 구할 수도 없는,
문득 시작되는 지속이여,
그대는 이제 이렇게
한 편의 시가 되었다.

어떤 이미지도 지속의 직관을 대체할 수는 없다. 그러나 매우 상이한 사물들의 질서에서 끌어져 나온 다양한 많은 이미지들은 그 작용의 수렴을 통해 붙잡아야 할 어떤 직관이 존재하는 바로 그 지점으로 의식을 이끌어 갈 수 있다.

– 앙리 베르그손

시 없는 삶

푸른 시

깊은 밤인데
다시 환해졌다.
바깥의 어떤 느낌에
의식은 또렷해지고
숨을 쉴 때마다
감정도 없는데 성기가
움찔거리며 점점 커졌다.
"제발 지금 깨지는 말자!" 생각했고
나는 숨을 멈추었다.
하지만 너무 늦은 일,
다시 무의미가 시작되었다.

이토록 열세에 몰린
기분을 느껴본 적이 없었다.
창문 바깥엔
막강한 것들뿐,
처음엔 새들이
몇 마리 지저귀더니,
점점 수가 많아져

지저귐은

소음이 되었고

공기는 멈춤도 끝도 없는

소음의 방이 되었다.

짓눌린 나는

갑자기 아무런 기억도

미래의 생각도 없어지고

나는 불안에 갇혀 길게 누운 채

눈을 뜰 엄두를 내지 못한 채,

단 한 번 이편에서 저편으로

돌아 눕지도 못하였던 그해

겨울밤을 다시 맞이하였다.

다만 그때는 추위에 웅크렸다면

지금은 내 밖의 끔찍함에 영문 모르고

길게 몸을 펴 누워 있을 뿐.

공기는

얼마나 소란했던가!

그러더니

갑자기

창문 앞 아주 가까운 데서

새소리에 섞여

낮은 음의 휘파람 소리가

뮤직박스 멜로디를 불었다.

나는 죽을 듯한 공포를 느끼며,

철자를 헤아리듯

"사람!"하고 생각했고,

꼼짝도 못하고

돌처럼 굳어버렸다.

"인기척 없는 새벽에

정체 모를 괴물에게 살해될 자……"

지하실 계단에서부터

불안은 모락모락 올라오는데,

내 안의 이성적인 사람은

귀를 기울이고 있었다.

멜로디는 반복되고

또 반복되었다.

"새라면 저렇게 단조롭게 휘파람을 불지 않아.

괴물은 나를 비웃으려는 모양이지.

칠흑 같은 입술로

괴물이 웃는다."하고 난 생각했다.

눈을 깜빡이면

빛은

아직 내가 지옥을 믿던

시절의 그 색깔이었다.

창문 앞의 휘파람 부는 괴물은
이제 좀 진짜로 해볼까, 하는 듯이
말없이 손목을 털었다.
"저 노래는 그때 프레디 퀸이 부르지 않았나?"
하고 나는 생각했다.
"대체 무슨 새가 저렇게?" 이건 이성적인 나.
다음 순간 곁에 있던 아이가 깨서
잠을 못 자겠다고 소리쳤고,
나는 순수한 이기심으로
"살았다!"하고 생각하면서
아이를 달래주러 갔지.
차고 문 열리는 소리가 났고
가장 일찍 일어난 누군가 직장에 가야 했으며
그날 저녁, 나는 차를 타고 그곳을 떠났다.

수려한 큰 도시에
길고 완만하게 경사진 높고 낮은 장소들,
집들 가운데 있어도
지평선의 언덕들로 탁 트인 풍경이 반복된다.
도시 안쪽의 장소들까지
전원 풍경은 이어져
어디서든 지평선이 아쉽지 않다...

내가 지하도에서 올라왔을 때
시내는
비구름으로 어두침침하고
잠시 뒤 벌써 가로등이 켜졌는데,
뱃속에서부터
삶의 감정이 빛처럼 솟아 올라와
나는 소리 내어 웃었다.
거리의 카페에서 몇 시간,
맥주를 마시고
나는 어딘가를 바라보았고
기억을 떠올렸으며,
바라보다 기억을 떠올리고
그리움 없이
바라보고
또 그리움 없이
기억하였다.
아무것도 나는 고정하여
생각하지 않으려고 했다.
극장엘 갔고
거리에 머물렀으며
무언가를 바라보다
막연한 기분이 들 때마다

눈을 깜빡였다.

하지만 나는

말을 잃지 않고

바라보고 또 바라볼 수 있었지!

모두가 내겐 낯선 이였기에

나는 그들을 이해했고

그대로 그들을 인정했다.

어쩌면 나는

나의 살인자와도

생각을 나눌 수 있었겠지,

그는 또 다른 나였을 테니까.

굴곡진 언덕 저편에서부터

차들은 끊임없이 모습을 드러냈다.

저녁 하늘이 너무도 파래서

길에서 똥 싸는 개조차도

매혹적으로 보였다.

믿을 수가 없어 고개를 흔들었지만,

나는 일순간 객관적으로 살아 있는 존재였다.

이상하게도 다리 사이

성기는 마치 없는 것 같았고.

저 깊은 곳에서부터

기쁨이 솟아 올라와

나를 가득 채웠다.

"난 기뻐할 능력이 있다!"하고 난 생각했다.

"그러니 날 부러워하라고!"

온종일 나는 자신을 잊었고

그건 바로

내가 원하는 바였지.

별로 먹지도 않고

술도 거의 마시지 않으며

나는 자신하고만 얘기를 나누었네.

행복을 원하지도 않고

누군가 호기심에 나에게

말을 걸어볼 수도 없었으며

자신을 각성한 동시에

자신을 비워버린

그런 상태였다.

말하자면 자아를 비웠다는

내밀한

의식이라고 할까.

나는

마음이 깃든 기계.

모든 것은 우연히 일어나고 있었다.

버스가 정차한 것,

내가 올라탄 것,

차표에 새겨진 구간까지 차를 타고 간 것,

내가 거리를 따라 걸은 것,

주위 풍경이 달라진 것,

그 다른 구역에서 계속 걸어간 것.

다가오는 그대로를

나는 살았고

망설이지 않았으며,

그때그때 반응하면서

특별할 것 없는 일들을 경험하고,

"전에 한 번은 보았는데"

라는 생각도 없이

그저 경험하기만을 했다.

커다란 공원 묘역에선

고양이들이 냄새를 맡았고

카페엔 아주 어린 커플이 앉아

니수아즈 샐러드를 먹고 있었다.

나는 여유작작하게

웃고 있었다.

하지만 꿈속에선

나는 초연하지 못했다.

그게 창피하진 않았지만

다만 짜증스러웠다.

나는 술을 퍼마시고 자신을

소망 없는 상태로 몰아넣었다.

속눈썹이 떨려서 성가셨다.

길에서 지나치는 사람들은

주연배우인 척하는 엑스트라들이었다.

"레비 청바지 인간들!"하고 나는 생각했다.

"광고를 걸친 몸뚱이들!"

"너희들은 너무나 뻔해!"

이전의 호감 같은 건 다 잊고

나는 생각했다.

기분이 언짢아,

나는 피상적이 되었다.

눈으로 본 것을

만져본 듯 여겼으며,

나 자신이

까다롭고

완고하게 느껴졌다.

한번은 내가 돈을 냈는데

지폐가 화로 위의 애벌레처럼

물건 판 사람의 숨결에 오그라들었다.

나는 피부에

불쾌감을 느꼈고,

여기저기가 가려웠다.

나는 더는 차분하지 못하고 땀을 흘렸다.

정상적이지 않은

얼굴 표정들...

길바닥을 장식한 개똥들...

"너희가 아프리카에서 수입해 온

무례한 녀석들이

동물적인 공허한 눈을 하고

내 눈앞에서

도로블록을 쏠다니!"

나는 포기하고서

내가 기쁨을 느꼈던

다른 도시로 이동하였다.

운송수단에 실려가는

아무 감각도 없는 운송물 나.

자기망각

그래서 한참 전부터

플라스틱 덮개 아래 놓여 있는

버터조각을 만진

손에서 냄새가 나고

물티슈가 필요할 때까지!

돈을 지불한 사람으로서

그래,

보살핌을 받고,

한 전체의 일부로서

그래,

거주를 하지,

어쨌든

죽음의 공포는 아닌

또 다른 무의미.

내 심장은 누구를 향해서도 뛰지 않았고,

너무나 익숙한 상징물 때문에

도시는 다시 낯설었다.

밤 8시면

집들은 문이 벌써 닫혔고,

그 안으로 들어가려고

나는 전화를 했지.

어둑한 친구의 방에서

나는 얼빠진 듯 앉아

윙윙거리는 귀로

영혼이 빠져나간 내 목소리를 들었어.

행복할 땐 행복했던 일만 생각나고

불행할 땐 불행만 떠올릴 수 있는 거였네.

난 무감각한 어조로

지난 시절이 얼마나 좋았는지를 얘기했다.

그리고

우리는 섹스에 대해 얘기를 했지.

성적인 표현을 사용하면서

다른 모든 일들에 대해서도 거침없는 자유로움을 느꼈어.

외설적으로 나눈 얘기들은

뭔가 해방된 듯

낯선 느낌이 사라졌다.

도시 외곽의 와인하우스에 들어서면서도

우리는 주차하면서 잠시 중단했던

환상의 나래를 계속 펼치고 있었다.

음탕한 느낌은 없었네.

이층버스의 위층에서

생판 모르는 사람들이 빙긋 웃으면서

우리 얘기에 귀를 기울이더니,

친근한 느낌이 드는 모양이었다.

우리 중 한 사람이

갑자기 다른 얘기를 꺼내는 건

얼마나 남을 의식하는

노출증이었나!

하지만 아무리 딴 얘기를 해도

거기서 성적인 암시를 찾아내는

누군가는 있게 마련...

우리 중 누구도 자기 얘기를 하지는 않고

상상의 나래만 펼칠 뿐이었다.

그러니 진짜 이야기의 민망함은 결코 없었다.

그 시간을 즐기려는 마음만으로

얼마나 화사한 분위기가 되었던지.

밋밋한 글라스에 마신

가슴을 적시던 신포도주의 맛.

이 시간이 멈추지 않길,

제발 시간이 계속되길!

맥락은 기억나지 않아도

암흑의 과거 어느 때로부터

말할 수 없이 상세한

음담패설이 열을 지어갔다.

이것 봐라,

감각이 다시 돌아왔다!

한밤중 근심에 휩싸인

내 얼굴을 다시 보지 않아도 되다니.
이제는 혼자 남겨져도
안전하게
생각에 잠길 수 있다.
심장박동에 움찔하는
쭉 편 발꿈치를 바라본다.
자신을 의식하지 않는 동안
기분이 편안했다.
"내 자지"하고 나는
무덤덤하게 말해보았다.

그러고 나서 진심이 되었다.
너무 갑작스러운 진지함을
나는 자각하려 하지 않았지만.
그런 다음 호기심이 생겼고
그런 다음 앞뒤를 살피지 않게 되었다.
나는 아무 여자하고나 가까운 화장실에 갈 생각이었다.
플러팅은 그만,
야한 농담도 그만,
위트도 필요 없고,
"섹스하자"는 말 대신 이제는
"당신과 자고 싶어"라고 나는 말했다.

글쎄, 무슨 말이든 한다면 말이지.

나는 당신을 아프게 하지 않으려고

손톱을 둥글게 다듬고

욕정에 사로잡힌 나머지,

갑자기 나는

아무 말도 못 하게 되어버렸지.

이전엔 아무런 거리낌 없이

성적인 은유를 생각해내곤 했지만,

이제는 성적인 이야기를

다른 무언가의 은유로 경험하게 되었다.

성교의 운동은 내게 무엇을

연상시켰던가?

그 소리는 어떤 사물의 소리와 같고,

그 냄새는 또...

나는 내 앞에 일어나는 것과

전혀 다른 일을 경험하기 위해

눈을 감을 필요가 없었다.

그리고 "실제" 영상,

"사실"을 묘사하는 건

쉬운 일일 것이었다.

왜냐하면 사실

"현실"을 점점 더 내게 주입한 것은

오로지 "다른" 영상들이었기 때문이고,
"다른" 영상들은
절대 "비유"가 아니라
과거로부터 떠올라
쾌감을 통해
해방된 순간들이었기 때문이다.
  – 내가 방금 막
풀밭 위의 고슴도치와
가시에 찔린 사과 하나를
기억해낸 것처럼.
호흡을 하며 의식 깊은 곳에서 꺼내온
기호.
이제 나는
사랑하지 않고도
다정할 수 있었고,
발꿈치의 피부와
창백한 배꼽
그리고 기쁨에 찬 웃음은
서로 모순이 아니었다.
각각의 것들이
서로 교차되었다.
창문 앞의 잎사귀들,

잠깨어 우는 아이,

황혼의 목조가옥,

사람들이 영원을 믿던 시대의

그림에 등장하는 밝은 청색.

"응, 그걸 삼켜!"

"아름다움은 일종의 정보로군."하고

나는 따뜻한 마음으로

당신 생각을 생각했다,

추억에 대해서도.

"당신은 내가

스스로 원하는 식으로

존재하도록 해."하고 나는 생각했다.

존재한다는 것이

내게 뭔가를

의미하기 시작했어.

멈추지 말자!

나는 방금 멈칫하였다,

시가 돌연 끝난다는 걸

깨닫고.

무의미와 행복

장 – 마리 슈트라우프에게

뭐라 설명할 길 없는 어느 차가운 날,

환해지지도 어두워지지도 않고

눈이 떠지지도 감기지도 않고

익숙한 풍경이

예전의 친숙한 세계를 불러내지 않으며

그렇다고 새로운 세계의 광경을 본다는 느낌도 없는,

(세계에 대한, 둘이면서 하나인 시적인 감정)

'만약'이라든가 '그러나'가 없고

'그때는'이라든가 '그 다음엔'도 없는,

여명은 지났지만 저녁은 아직 상상할 수 없고

묵묵히 서 있는 나무에서 아주 가끔씩만

마치 가벼워진 듯 가지가 튕기는,

이런 뭐라 설명할 수가 없는 날,

거리에서 한 발 두 발 걷는 사이에

갑자기 의미가 사라져버린다.

가죽코트를 입은

마주 오는 흑인의 얼굴을 후려치고 싶고,

혹은 상점에서 메모지를 소리 내 읽는 여자의 뒤에서

뚝 소리가 나도록 목을 눌러버리고 싶어진다.

그리고 정말 그럴 뻔했다는 생각에

가면 갈수록 소스라친다.

– 마지막 충동 한 번이 부족했을 뿐, 내심의 충동이.

한때는 그 충동으로 사랑을 했을,

또는 인생을 자신의 뜻대로 이끌어보려는 거침없는 결단,

혹은 걸음과 또 걸음 사이에 있는

불멸에 대한 무형의 확신 같은 것이...

(이런 충동을 지닌 사람들을 우리는 신문에서 접하고

놀라 마지않는다, 아직도 그런 소수가 있다는 사실에.)

이제 바라보면 – 모든 게 초록으로 물들어

그런 순간들은

마치 빛을 너무 짧게 쬔 사진처럼

사물들은 반쯤만 드러나 있고

완성할 희망이 없는,

보이는 것들마다 삭아버린 파편들,

플랜과 아이디어는 사라져 없고

짓다 만 골격 그대로 폐허가 된,

그래서 자신마저 추락할까 두려워

사람들이 피해 가는

– 이건 당신 얘기이기도 해, 거기 당신.

철거할 때가 되어가는

당신들의 떠받쳐진 얼굴들은,

무얼 정기구독 했지?

어떤 의미를 상연한 극장이었나?

어떤 독점적 세계관을 배후에 두었지?

그 얼굴들을 사람들은 해치우고 싶어 한다. –

누구보다 베껴쓰기의 대상이 되는

어떤 사람에게도 통하는 얘기,

저 모든 광경들을 바라본 뒤에

결국 제 처지만 내려다보는,

그래서 자신의 콧등을

한 번은 왼쪽, 다음은 오른쪽,

돌출한 이것과 저것을.

　– 눈을 감을 수만 있다면

　– 어느 순간 눈을 깜빡여 안구의 역겨움을 완화할 수 있다

면

　– 일순간에 불과해서 (다시 숨 쉴 수 있게 되는 거라면) –

하지만 그렇지 않다, 시간을 초월한 이것,

속이 텅 빈, 언어가 통하지 않는,

미래를 거부하는, 절정에서 밀어낼 수 없는,

육신에서 영혼을 잡아 뜯는,

숨결을 받은 적 없는, 이 무의미한 괴이함은.

　– 대로에서 누군가 멈춰 서 있다.

더 이상 앞으로 나아가지 못하는데,

서 있는 건 그뿐만이 아니라

다른 모든 것들도 정지되었기에,

겉보기에 그는 앞으로 나아가는 중이고

다른 것들도 계속 가는 것만 같다.

하지만 그는 가는 척하고 있을 뿐,

그가 거리의 끝

지평선을 바라보는 시선도

그런 척이다.

지나가는 척하는 동안 나는

감자튀김 냄새도

— 전혀 다른 곳에서 나는 걸 수도 있지만 —

그는 마치 자신에 대한 최후의 호의처럼 느끼고 있다.

아니, 사실은 그는 아무 냄새도 맡지 못하고,

감자튀김은

모든 대상이 그의 감각에 쾌적하게 다가오던,

이미 상상할 수 없게 된 시대로부터의

주인 없는 잔여물이다.

성모 마리아의 망토 아래 정의로운 자들이 서 있는

성당에서 본 그림 한 장에 대한 기억.

"When I was boy, everything was right."

얼마나 부적절한 동경일까,

어린 시절에 뭔가 제대로인 경우란 매우 드무니까.

대개는 손톱 끝이 일어나 화끈거리는 채로
온 사방에서 바람을 맞는 기분이었을 텐데,
느낌이 되돌아왔다, 손톱 끝이 일어난 그런.
그러니까 "느낌이 사라졌다"는
말을 해선 안 되겠지. 그게 아니라
"무의미가 재발견되었다고 해야지."
아무런 플랜도 없었다.
플랜을 만들 아이디어도.
그리고 과도기적 의미, 사랑의 순간,
욕망, 질주, "정의로운" 분노 따위를 떠올리면
이제는 욕지기가 났다.
제발 ─ 질 떨어지는 농담은 집어치우라고....
이젠 어디를 바라봐야 할까?
기분을 소생시켜줄 장면은 어디에?
하지만 모든 질문은 속 빈 수사가 되었고
진짜 물음을 추억하는 반복행위일 뿐,
그렇게 진심 없는 질문이기에
질문하는 입술은 연극적으로 움직이고
위아래가 맞닿을 땐 황급히 떨어진다.
이미 이렇게 신체부위마저
혐오스러운 외부세계로 변해버렸고,
그곳에선 모든 것이

서로 배척하는 사물들로 분할된다.

그렇다, 모든 것은 이런 상황에선 집요한 외부세계로 변했고,

열린 두개골에선 뇌라고 불리는

밥맛 떨어지는 무언가가 공기 중에 부풀어 오른다.

의식 대신 이제 식물성의 쐐기풀 같은 것,

피부감각, 알레르기가 들어선다.

예후가 불분명한 피부발진,

소름과 습진, 상처의 시간들.

입술 위, 아래가 우연히 접촉할 때,

불편한 간지럼이 있었다.

― 이제 사람은 스스로에 간지럽게 되었다.

길거리 높다란 구조물 위에 선 인부들이

색색의 헬멧을 쓰고 크레인의 짐을 자기 쪽으로

불러들이는 몸짓을 하고 있었다.

이보쇼, 이 높이까지 내려들 오지.

협박하는 당신들,

자신들을 귀족화하는 헬멧을 벗어보라구.

그러면 누가 더 곤란한 지경인지 알게 될 거야!

크레인 너머의 하늘은

삶에 필수적인 침착함을 되찾아주는

한 장의 그림일 수 있다.

하지만 그렇게 좋다는 저녁 하늘이 아무것도 치유하진 못
해,
진정하기 위하여 그토록 자주 중얼거린 어떤 말도.
거부하는 듯 환하게 빛나는 구름들이
세찬 바람 맞은 듯 어지럽게 흩어져 있다.
땅에서도 지평선까지
세찬 바람.
모든 게 그저 바람의 휘몰아침.
모든 게 그저 뒤죽박죽.
그리고 모든 게 아무런 말도 없이.
그렇게 모든 게 완전히 아무 말 없이.
그런데도 어떤 우울함이 있네,
길을 가던 많은 사람들이
이제부터 영원히는 아니라 해도
자리에 선 그대로,
그렇게 스스로 원하는 방식대로
그냥 길에서 누워 소멸해버리지 못한다는.
오래된 이야기에서 보면,
가사상태인 사람이
새끼손가락을 꼼지락거리면서
절망적으로 자기를 알리려고 하지만 –
정반대인 경우엔 어떻게 자기를 알리면 되나,

모든 것이 태연한 생생함으로

저절로 왜곡되어 보일 때는?

태연하게 드러나는 일들,

계속 걸어가기,

또한 머물러 서 있기,

올려다보기,

또 고개를 돌려 다른 곳을 바라보기,

말하기,

또 더 이상 말하지 않기, 이런 일들이

행동 없이도 인생을 기만하는 거라면?

앞서 말한 것처럼, 속빈 수사들.

"잠시 뒤엔 관의 덮개가 영원히 닫히게 될 것이다."

라고 가짜로 죽은 사람들 이야기엔 쓰여 있었다.

그런 다음 다시 깨어나는 일은

1인칭 이야기에서만 그럴 수 있을 것이다.

"잠시 뒤에 누군가 웅덩이를 피해 돌아갈 것입니다; 잠시

뒤에 누군가 신호등 앞에 멈춰 서 있을 것입니다."

이것은 1인칭 이야기가 아니다.

사람이 언제나 웅덩이를 피해 돌아가고 영원히 신호등들

앞에서 멈춰 서 있을까.

지하철 통로에서 잠을 자는 감정이 메마른 이들,

그들은 누더기를 덮고 신문을 읽으면서

무슨 낭비를 하고 있는 것일까?

몇 년이 지난 뒤에도 여전히 기운이 남아

와인이 절반 남은 술병을 쥘 수나 있을는지,

그걸 상상하는 건 얼마나 어려운 일인가!

어쩌면 이제는

어제 처음 알게 된 사람인데도

"예전" 알던 사람을 만난다고 생각하고,

이 정도로 무의미의 시대가 시작된 것이다.

이제 곧 시늉으로 손을 내밀게 되겠지...

그리고 바야흐로 코멘트를 교환하면서

아무런 해도 끼치지 않는 방식으로

무의미는 마침내 참을 수가 없게 된다.

갑자기 스스로 과장하는 것 같고

타인을 부당하게 대한다고 느끼며

자신의 상태가 단지 그런 상태라고 여기면서,

진지하게 여기지 않을 "악동 학생"처럼 행동하니까.

즉, 사람들은 사회 속의 자신을 진지하게 여기지 않지만,

무의미는 너무나도 현실적이고

그래서 이제 참을 수가 없게 된 것이다.

무의미함 때문에 얼굴이 홍해진다.

그래서 어딘가로 가서

밤을 맞이하기도 해보고,

턱에 재갈을 물리기라도 한 것처럼

말없이 입을 크게 벌려보기도 한다.

집 벽이 해져 떨어진다.

철교 아래 아이들 회전목마가 돌아간다.

"사실은" 집 벽은 아름답고

"사실은" 회전목마는 아름다운 것인데 –

가장 아름다운 광경이라도

이제는 살아 있는 것으로부터 사라진다.

세계에 대한 무의미의 폭격.

집 벽 뒤에서 흙은 정의할 수 없는 소용돌이로 부스러져 간
다.

(심해의 무덤일까, 우주 공간일까, 지옥일까)

그리고 마지막 환상 산호도에서 어린이 회전목마는

종소리를 내며 끈 떨어진 연처럼 홀로 돌아간다.

잠깐! 이 장면을 좀 더 오래 바라봐.

그 전에 눈꺼풀이 아래로 감기지 않았나?

 – 이건 그림이 아니야. 만일 그렇다면 그건 너의 조바심
때문에

마지막 남은 땅덩어리와 함께 가라앉았겠지.

세계가 있던 자리의 암흑과

정의할 수 없는 것으로 에워싸인 암흑이 다르다면,

한편이 좀 더 신선한 암흑이라는 것뿐,

이제 벌써 소용돌이가 휘몰아쳐 들어온다...

어떤 사람이 입을 벌리고

잠이 든다.

하지만 이렇게 피신해도 곧 소환된다.

요즘은 꿈을 꿀 시간조차 부족해.

숨을 몇 번이나 쉬었을까, 그는

무의미함 때문에 잠에서 깨고

이런 일이 반복된다.

수도꼭지 물방울 때문에 잠에서 깨는

만화영화 주인공처럼.

"꿈꾸기가 도움이 되던 시절"은 동화 속 문장이 되어버렸다.

트릭에 넘어가야 그의 다음 모험은 계속될 수 있다.

잠이 드는 그 순간

잠에서 깨어나는데, 그 순간

"어떤 꿈들이 어른거렸고" -

파편으로 흩어진 주변이

막 정돈되려고 하는데,

또다시 온 세상과 피부 가까이에서

가죽처럼 질긴 무의미가 분출한다.

뭔가를 똑바로 바라보려고 해도

이젠 모든 것이 눈가에서 벗어난 듯 왜곡되어 보인다.

저 멀리서 뛰어가는 개를 붙잡으려고

뺨에 붙어 앵앵대는 모기를 잡는 것처럼 허공을 젓는다.

담장 위를 달려가는 고양이가 지네처럼,

금방 손닿을 듯 가까워 보인다.

가장 먼 풍경에 의해 좁혀지기!

더는 아무런 가능성이 없고

정지된 대기를

헛되이 들이마셔 보려 한다.

제 구석으로 돌아가도록 강요된

각각의 것들,

모든 것이 그대로이다.

("나는 긴 의자에 누워 생의 의미가 다시 떠오를지 기다렸다."라고 내 오래된 수기에 쓰여 있다.)

 – 그래서 만일 그랬다면,

그래서 정말 그렇게

모든 게 옛날과 같아져서,

두 다리가 관에 넣어진 의식을 한사코 성실하게

이 장소에서 저 장소로 싣고 다닌다면,

 – 그러다 한 번 무릎이 꺾이기라도 하면 –

그때 가서 알게 되리라, 선택할 여지가,

여지가 없을 테니,

바닥을, 바닥을 보겠지,

그리고 마침내

더는 선택의 여지가 없으니,

뭔가 새로운 것을 보게 되겠지.

언제였나, 한번은 극장에서

초록색 카페트였을 거다, 그걸 보면

갑자기 낯설게 연결된 느낌에 숨이 가빠지는데,

— 정말 감동적으로 코고는 소리를 내며 —

바닥에서 덜덜거리며 진동이 올라오고

타는 듯 시린 안구 위로 천천히

진정해, 부드럽게 눈꺼풀이 덮일 때,

하필 지금 성급해지지 마!

아니면 다른 때 언제였나,

타자기 가게에서였다.

타자기에 테스트용 종이가 끼워진 걸

뚫어져라 내려다보다가,

사람들도 많은 가게에서 이렇게 읽는 거지.

"O désespoir! O vieillesse! ...O rage!..."

— 두 눈은 커다래지고

눈에 보이는 것에

소리 내 웃는다.

그토록 오랜 무의미 끝에, 갑자기 세계는 과잉이다.

무의미의 반대는 의미가 아니다.

더는 의미가 필요하지 않게 되었으니,

더는 무의미의 철학적 의미를 찾지도 않는다.

금지된 어휘들은 다 소진되었다고, 사람들은 생각한다.

어느 카페 테이블에 한 여성이 맥주잔을 앞에 두고 앉아

창밖을 내다보며

웃음을 띠고 있다.

많은 이들 가운데, 저기 앉아 있는 그녀만이

어떤 표정을 갖고 있다.

그녀를 바라볼 때

누군가의 추하고 먹먹한 얼굴에도

어떤 감정이 회복된다.

설명할 수 없는 날이 설명할 수 있게 된다.

날이 저물고

다시 한 번 그녀를 바라보면

그녀가 전혀 웃고 있지 않음을,

단지 어떤 표정이 있을 뿐임을 깨닫게 된다.

표정이 있는 것만으로도

보는 사람에겐 웃는 얼굴로 나타난 것이다.

경찰이 몽둥이를 든 사진이

신문에 실려 있다.

정말 치려는 걸까, 하고 사람들은 생각한다.

자기가 하는 짓을 알고 있나?

제정신이 아니란 걸 그에게 어떻게 알려줄 수 있을까?

그리고 길거리에선 끊임없이 여성들이 택시에 타는데,

동작들이 하나같이 똑같다.

머리를 움츠리고 손을 뒤로 해서 외투를 야무지게 여미는

것이다.

그러다 보니 점차 사람들에게 저 다양한 여성들은

어떤 신화적인 존재로 각인된다.

－ 존재에 심취한 시인들의 낡은 딸꾹질 －

한 여성이 부은 다리로 남들보다 힘겹게 차에 타면서

보기에도 상쾌하고 매끈한 그림을 망가뜨릴 때,

당신은 무엇을 들고 집으로 돌아가려나? －

이를테면 저런 장면을 갖고서, 라고 장면의 수집가는 자랑

스럽게 대답한다...

그러면 그걸 어떻게 배열하지? －

무의미에 대한 두려움이 사라졌기 때문에,

장면들은 정돈될 필요가 없지.

그러면 자신이 받은 인상은? －

무의미가 지나가버렸으니, 장면은 동시에

이미 인상이 되어버린 셈이지.

그렇다면 자신의 언어는? －

내가 하는 말이 있다면, 그저 이런 것: 오, 하느님!

혹은 : 안 돼!

혹은 : 아!

혹은 그냥, 저녁 하늘! 하고 외치라고.

아니면 나지막이 흐느끼든가...

하지만 그래도 –

주의하라고, 세계의 음악 앞에서!

주의해, 행복한 결말이 오잖아!

왜냐하면 그때 설명할 수 없는 날이 왔을 때도,

이전의 설명할 수 없던 날들에 대한 경고를 받았으니,

동화에서 숲을 통과하는 여정을 떠나기 전에

착한 요정이나 말하는 동물의 경고를 받는 것처럼.

– 그런데 또 동화에서처럼

경고를 망각하는 것처럼.

최소한 지나치게 일화적인 행복보다는,

사람들은 무의미가 느슨해지고

새로운 친숙함이

고통으로 느껴진 순간에 붙들린다.

벌써 꿈들이 기별을 보낸다.

벌써 저기에 있다.

빨갛고 커다란 버찌 하나가 누군가를 천천히 스치고 엘리
베이터 아래로 떨어진다.

집들이 길게 늘어선 길 끝에 사슴 한 마리가 서 있다.

– 그리고 최소한, 유행가 가사처럼, 꿈꾸는 시간이 다시 돌

아왔다.

– 그리고 최소한, 꿈을 꿀 수 있는 시간은, 이성적인 시간

이다.

벌써 길거리에서 어떤 사람이 혼자 고개를 끄덕이고 또 머

리를 젓는다.

잠들기 전엔 아이처럼 침대에서 사과 한 알을 씹어라.

웅덩이를 그대로 통과하라.

"회전목마"를 예전처럼 "뺑뺑이"라고 불러라.

어느 차갑고 환한 아침,

될 수 있는 것이

되었던

길고 기쁜 꿈의 여운을

아직도 느끼는 채로,

– 꿈은 그 자체로 이미 성취였다 –

누군가 도시의 경계에서 넓은 하늘을 바라보며, 처음으로

나이가 들고 싶은 욕구를 느낀다.

그리고 유리잔을 엎지르고서

자기를 쳐다보는 아이를 보고,

그 사람은 생각한다.

아이가 사람을 저렇게 쳐다보지 않게 된다면,

그게 바로 참된 것이리라고.

시 없는 삶

A에게, 훗날을 위해

올해 가을 시간은 나 없이 흘러갔네
생은 조용히 정지하여 있고, 그 시절
우울을 이기려 타자를 배우던 때처럼
저녁이면 창문 없는 대기실에서 수업을 기다렸지
네온등은 물밀듯 넘쳐들었고
타자시간이 끝나면 비닐커버는 다시 타자기 위에 덮였네
그렇게 갔다가 그렇게 돌아왔고 나는
자신에 관해 아무런 말도 할 수가 없을 듯 했지
자신에 몰두했고 그런 사실마저 자각했지만
절망이 아니라 오로지 만족스러웠네
자신에 관한 아무런 느낌도 없이
타인에 대한 느낌도 없이
걸었고, 망설이며 배회하다
자주 걸음걸이와 방향을 바꾸었지
쓰려 했던 일기에는 겨우 하나의 문장
"우산 속으로 뛰어들고 싶어."
그 말조차 속기로 은밀히 숨겨두었지

넉 주 동안 볕이 났고

나는 발코니에 앉아 있었네
뇌리를 스치는 모든 것에 대해
눈에 뜨이는 모든 것을 향해
"그래 알았다니까"라고 말하며

날들은 정말 속절없이도 가고
일하는 친구들은
나를 찾아와 함께 발코니에 앉아
"일하러 다니느라
사는 일은 까마득히 잊었네."
하고 말하였네
그들에게 인생 곡예사인 척 내가
꾸며보일 수야 없었지
올 때보다 기분이 좋아져서
그들은 돌아갔네

바야흐로 아름다운 자연의 시간
게으름꾼만 넋을 잃는 것은 아니라네
상품과 돈을 교환하며
바쁘게 일하던 사람들도
"이런 날에는 일 따위
잠시 접어주어야 하는데."라고 말했으니

(그야 내가 훨씬 더 잘 아는 일)
나는 그들의 말을 믿었다네
하지만 렌트카를 몰던 이가 풍경의
울긋불긋한 마술에 마음을 빼앗겼을 때
나는 무뚝뚝하게 주의를 주었네
차를 몰면서 그러시면 안 된다고

하루가 어떻게 오고 어떻게 가든
아무것도 나는 바라보지 않았네
누가 무얼 해도 부럽지 않은 것은
게으르기 때문이 아니라
냉담하기 때문도 아니라
차라리 아무것도 하지 않는 것이
상대적으로 더 옳은 것 같았기 때문
고집스러운 우월감을 나는
남들에 대해 느꼈지만, 그런다고
득 될 것은 사실 없었다네
나의 상태는 하나의 증상과 같아
나는 자신에 대해서만 생각했고
무얼 해야 할지 몰랐으며
온종일 우울하기만 했네
무엇보다도 바닥을 향한 나의 눈

머릿속엔 옛 생각들만 출몰하였네

〈스위스 바젤역〉 통로에서 안내표지판을 본 나는
"빌어먹을 바젤"하고 생각하며 에스컬레이터를 타고
한 걸음도 옮길 필요도 없이 우체국까지 갔다네

낮은 따뜻했고
밤은 차가웠네
"날마다 유치원에서 아이들이 새 노래를 배워 집으로 와
요."
한 이웃이 말했고
"오늘 밤에 정말 굉장한 계획이 있죠."
하고 또 다른 이웃은 말했으며
"생각하면 할수록 뇌수 속으로 시베리아 바람이 부는 것 같
군."
이건 제임스 하들리 체이스의 소설에서 내가 읽은 문장

신문들은 어찌 모든 것을 그리도 불 보듯 명확히 알고 있는
지
모든 사태가 애초부터 개념으로 제시되었고
문예면을 펼쳐야 그래도 개념들은 좀 의문시되었으나
문필가들이 의혹을 제시하는 글줄은

일렁이는 커튼 앞에 또 하나의 모호한 일렁임을 더할 뿐

이를테면 소설들은 "과격해야" 하고

시들은 "작전을 수행해야" 한다니

군인들이 언어의 영역에 발을 들여놓은 다음

말들을 포로로 잡고 서로를 겁박하며

단어를 암호처럼 사용하는 것 같아

나는 갈수록 말을 잃었다

누군가 사랑하고 싶어졌지만

구체적인 상상을 하다 보면 의욕은 사라졌다

《특성 없는 남자》를 읽다가 이런 문장을 보았지

"울리히는 사람들을 바라보았다."

("사람들"에 대해서도 무질은 경멸의 뜻을 담았다.)

그러자 나는 멀미가 나서 계속 읽어갈 수가 없었지만

이것은 어쩌면 내 상태가 나아진다는 신호였을 것이다

때로는 아이 생각이 나서

나는 아이에게 달려갔다네

아직 내가 있다는 걸 알려줄 일념으로

양심의 가책을 이기려고

유난히 **또렷한** 소리로 말을 붙였고

녀석이 좀 긴 문장을 말하면서

"그게 아니고"라는 말을 썼을 때는

껴안기까지 했지. 그러자 아이가 딸꾹질을 해서
난 다시 아이의 등을 쓸어내렸네

그해 여름
아직 길고 빽빽한 풀밭에
색색의 장난감이 흩어져 있었는데
누군가 이렇게 말하더군
"아이를 바라는 꿈처럼 버려져 있군."
(이 문장을 쓰기 전에
난 마음속으로 웃음이 났지
어려울 것도 없는 - 사실 그대로였으니까.)

"행복할 때도 자주 있었어요."
한 곱상한 노부인이 말했는데, 그녀는
카펫에 앉아 블라우스 속으로 손을 넣어
어깨를 문지르곤 했지
어떻게 자주 행복할 수가?

오스트리아에서 찾아온 누이는
도착하자마자 집을 닦고 치우기 시작했어
무심히 누이가 찻잔에다 차를 가득
넘치기 전까지 채우는 걸 바라보던 나는

가난한 사람들이 손님을 맞을 때

저렇게 한단 생각이 떠올랐고

나는 슬퍼진 나머지 스스로가 낯설어졌네

(다음 순간 나는 언젠가 어머니에게 그런 것처럼

화난 눈빛으로 누이를 쏘아보게 되었지

그때 어머니는 내 비틀즈 음반을 보고

고개를 갸우뚱하셨을 뿐이었는데.)

나라고 아무 일도 안 한 것은 아니야

사람들과 함께 유치원을 조직해서

협회등록을 신청하기도 했으니까

하지만 그건 내 무위를 치장한 장식 같은 일

아이가 바닥에다 제가 싼 똥을 문지른 것과 다를 바 없었네

사람들과 얘기를 나눠본 적도 있긴 했지만

우리는 자꾸만 방금 전에 서로 한 얘기를 반복했어

한 사람이 상대방의 기억을 일깨워주는 식으로 말이야

나는 마치 누군가 엿듣고 있는데 그 사람에게

내 선량함을 입증해 보이려는 것처럼 말하곤 했어

난 목이 뻣뻣하게 굳어졌고

마침내 모든 게 소용이 없다 싶어졌을 때

고개를 돌리는 대신 시선을 살짝 옆으로 비끼고 말았어

"자 들어보라고."라고 벤은 말했고
"집 쪽을 봐야지, 천사라면."하고
그는 텅 빈 공간에 대고 말했어
정말 저런 식이었지
그렇게 난 생각 없는 말들에 정신이 산란해져서
나중엔 책을 한 자도 읽을 수 없게 되어버렸다네

이 한사코 눈부신 가을의 세계에서
글을 쓰는 건 내게도 무의미하게 생각되었네.
모든 게 너무나 몰려드는 바람에
아무런 환상도 가질 수 없게 되어버리고
자연이 외부세계에 선보이는 눈부신 경관 앞에서는
그것 말고 다른 어떤 걸 상상할 여지도 없었다네
하지만 날마다 똑같은 전체적인 인상으로부터
내게 와 닿는 건 사소한 무엇 하나도 없었지

"아니, 바라는 건 아무것도 없어." 나는 말했고
그래서인지 난 아이의 소망도 이해할 줄 몰랐다
오후만 되면 나는 눈먼 듯 아무 생각 없이
와인 잔을 손에 들었지
무슨 생각이든 해보려고 하지 않았어
생각들은 금방 희미하게 멀어졌고 그 이유는

아무런 감정도 따라주지 않았기 때문이야
시시각각이 흘러가는 걸 난 그대로 느껴야 했어
"목말라 죽는 것보단 와인이 낫겠지."
한번은 저렇게 생각한 기억이 나

저녁이 오고 텔레비전을 켜는 건 망설여지는 일이었지
타고난 정치가가 한 명 있었는데
선거전에 뛰어든 그는 피에 굶주린 기분을 숨기고
소름끼치는 웃음을 지었어, 지지자들에겐 그게
프란치스코회 수도자처럼 사욕 없는 모습으로 비치나봐
(정말 그가 지지자들에게 연설할 때 보면
참새들에게 모이를 주는 성자의 태도였다네.)
그리고 배우들이 나오고
가수들도 나오고
카메라는 돌아가면서 시청자들에게
감정의 낙원을 배달해주는 거지
인간적인 게 바로 이런 거라는 듯이
진심을 담은 음성이 바로 이렇다는 듯이
게다가 또 애정 어린 표정을 얼마나 꾸며대는지
나는 결국 화장실로 달려가고 싶어졌다네
신문에 실린 한 귀족 가문 부유한 은행가 부인의 말을 읽었
어

"이 정부가 들어서고 나서 부자들은 더 부유해졌어요
제 말을 못 믿으시겠지만, 그래서
저희 남편은 무척 화가 났답니다."
그 기사를 보고 나는 괜히 기분이 들떠버렸어

한번은 내 앞에 한 여자가 앉았었어
너무나 예뻤는데, "그녀에게 가까이 다가가고 싶네
아름다움을 펼칠 수 있도록 말이야."라는
생각이 들었지. 하지만 막상 내가 다가가자
그녀는 움츠러들고 말았어

환한 대낮에 평지에서 출발해
북쪽 도시로 가는데, 어중간한 높이의 산 너머 파란 하늘이
너무나 어두워서
산 너머는 밤이 시작될 것만 같았지
비구름도 없는데
비가 올 것 같은 느낌이었어
햇살은 눈부신데 눈은 흐린 구름 아래랄까
게다가 어디선가 톱 돌아가는 소리가 들려와 나는
불행한 일이 일어나는 상상을 해야 했어
그 구역에 사는 아이들이 롤러스케이트를 타고
거리에서 내 옆을 지나쳐갈 때, 이런 말소리

"너네 엄마 어디 계셔?"

그러자 대답. "마트에 장보러 가셨어."

그 말이 난 그곳의 삶을 알려주는 표어처럼 느껴졌어

그리고 난 갑자기 마음이 가벼워져

공중전화기로 가서 옛 지인에게 전화를 걸었지

내가 근황을 물은 친구들은

이미 오래전부터 더 이상 없었어

막 혼자 살기 시작한 이들도 여럿이었지

나는 카펫에 떨어진 먼지 부스러기를 집었어

바깥 테라스엔 아직도 여름에 쓰던

정원용 물뿌리개 호스가 놓여 있었지

내가 물이 담긴 글라스를 넘어뜨려서

차가운 액체가 천천히

갈라진 모양으로 흘러가더니

테이블 가장자리에 닿아서야 멈추었어

더 이상 가지 못해 물방울로 떨어지진 않더군

사방에 성가신 파리들이 죽어 있었어

난 그것들을 모아 휴지통에 버릴 수 있었지

수도꼭지를 열어서

매 십 분마다 형성된다는 염소물질을 제거했어

해 질 무렵이었어

우체통으로 가는데

아스팔트에 빛이 반사되어서

저편에서 다가오는 거무스름한 사람 윤곽을 알아보고 인사

하려면

눈가에 손을 올려대야 할 정도였지

그러다 마침내 저녁이 되었는데

박공지붕의 집 비스듬한 맞은편의 에데카(EDEKA)

왠지 위안을 주는 노란색 마켓 간판에 불이 들어왔어

나는 그리로 물건을 사러 갔지.

매장은 환하고 고요했어

점원은 벌써 계산대를 정리하고 있었고

냉장고는 친숙한 우웅 소리를 내고 있었지

내가 산 파가 고무밴드로 묶이는 걸 보면서

나는 거의 눈물이 날 것 같았다네

늦은 저녁,

정적에 잠긴 방에

혼자 앉아 있을 때

바닥에 놓인 기타줄이 갑자기 울린 건

파리 한 마리가

줄에 닿았기 때문이었어

그리고 밤이 깊어

나는 정원가위를 옆에 둔 채 잠을 청했다네

보름달이 뜬 밤이었고

아이는 자기 침대에서
손을 떨고 울면서 발버둥을 쳤어
감았던 두 눈을 뜨려고 하면
눈꺼풀이 한 쪽씩 차례로 떨어졌는데
어떻게 살아야 하는 건지
전에는 알고 있었는데
이제는 다 까먹고 생각이 나질 않네
방귀를 뀌는 것조차
내 몸에 일어난 일처럼 못 느낄 지경이야

"나 요즘 잘 못 지내.
이렇게 멈춰서면 안 된다는 거 알아.
하지만 달라지지가 않아."
바로 이렇게 쓰면서 ― 스피디 곤잘레스처럼 말은 쉬워서 ―
나는 글을 쓰기 전부터
포기할 작정을 하고 있었는데
그런데 나 자신을 표현한다는 수치 아닌 대담함 때문인지
또박또박 글을 쓰는 순간에
앞서 생각한 것들은 사실과 다른 것이 되어버렸다
그리고 정말이지 순식간에 나는
무얼 하려고 했는지 알게 되고
다시 세상을 살고 싶어진 것이었지

(내가 아직 자라나는 청춘이었을 때는
세상에서 현실감이 느껴질 때 쓰려는 욕망이 생겼으나
지금은 대체로 글을 쓰기 시작해야
비로소 세계에 대한 문학적인 욕망이 찾아든다.)
"다시 나 자신을 느낄 수 있어."하고 나는 생각했고
생각들을 하게 될 거라 자신하게 되었으며
"소란한 마음"을 떠올렸다

얼마 전부터는
자연이 음악처럼 여겨진다네
그 아름다움이 인간적으로 느껴지고
자연의 대단함이 마음에 새겨지지
나는 흡족하게 낙엽 속에 발을 끌면서
향수 뿌린 푸들 강아지를 뒤쫓아 걸었네
덤불이 부스럭댈 때는
그 속에 작전 중인 병정이 숨은 것 같았고
창문 앞에 몸을 바짝 들이댄
갈색 가문비나무는 짙은 색으로 생생하였지
저 어두운 풍경 한가운데 어딘가에서
자작나무 밝은 잎사귀들이 고통의 신음처럼
환하게 깜빡였을 때
"아!"하는 단어를 나는 떠올렸다네

저 멀리 집들 너머로 연기가 날리고

그 앞 텔레비전 안테나들은 무슨 기념물 같아 보였지

날이 갈수록 활엽수들은

앙상한 가지를 드러냈고

마지막 풀 벤 뒤에도 조금 더 자란 풀줄기들은

정겨운 모양으로 빛을 발했는데,

그 바람에 내게는

세계의 멸망에 대한 불안이 엄습해 와서

그런 내 모습에 집들의 회벽조차 웃는 것 같았다네

"너무 괴로워요." 하늘에서 제트기 한 대가

흰 꼬리를 남기고 날아갈 때 한 부인이 그걸 보고

말하는 걸 나는 들었네

저녁이 되었을 때 방갈로 집들의 부엌에서

음식냄새가 흘러나오고

아이는 늘 그랬듯 금방 배가 고파졌어

"저기 어둠 속은 벌써 추울 거야."라고 나는

생각난 것을 그대로 썼고

오래 침묵으로 담아둔 걸 말했으며

정확히 아래 문장처럼 생각했네

"이제 다시 인생이 계속 이어질 거야."

신호등 불빛이 바뀌니까 깜짝 놀란

이민노동자 여자들이 허리를 뒤로 뺀 자세로

서둘러 횡단보도를 건너가고
꼭 끼는 조끼를 입은 상점 여점원들도
팔짱을 낀 채 날렵하게 길을 건넜으며
우윳빛 전화박스 유리문 너머에서는
한 엄마가 아이의 따귀를 갈기고 있었다
글쓰기에 나는 얼마나 자부심을 느꼈던가!

후기

올라 베르케비츠

지난 2월, 〈길 잃은 자의 발자취 Spuren der Verirrten〉 초연이 있은 다음날 아침 나는 페터 한트케를 그가 머무는 베를리너 앙상블 옆 호텔에서 만났다. 초연 다음의 고단함은 늘 상 있는 일. 공연에 대한 얘기는 할 수가 없다. 적어도 바로 다음날 아침엔. 다른 얘깃거리가 필요하다. 이번에도 나는 그에게 시를 묶어 출판하는 일에 관해 말한다.

작년에 나는 몇 번이나 같은 얘기를 했지만, 그는 거절했다. 자기는 시인이 아니라는 이유였다.

첫 공연이 있은 저 2월 아침에 나는 다시 한 번 그의 시에 관한 얘기를 꺼낼 생각이었다. 초연의 긴장이 막 지나간 다음이니 내가 그의 마음을 무르게 할 수 있으리라는 희망을 품고서. 나는 그의 시가 《내부세계의 외부세계의 내부세계 Die Innenwelt der Außenwelt der Innenwelt》부터 《지속의 시 Gedicht an die Dauer》에 이르기까지 내게 얼마나 특별한 의미인지를 얘기하려 했다. 그러려고 했는데, 그럴 필요가 없었다. 페터 한트케는 시집 제안에 동의하면서 누가 출간작업을 할지까지 지정했다.

나는 이 책을 편집하면서, 시들을 발표순서대로 배열하는 단순한 모음집은 적당치 않을 것임을 분명히 깨닫게 되었다. 그래서 페터 한트케와 대화를 나누었고, 시집의 구조가 정해졌다. 책의 처음은 『내부세계의 외부세계의 내부세계』인데, 원래 신문에서 오려내 콜라주한 시들은 시인이 보기에 더 이상 의미가 지탱되지 않기에 누락시켰다. 그래서 이 시집의 시들은 새로 번호가 매겨졌다. 첫 번째 문헌학적 사항을 기록해두자면, 첫 번째 시 「새로운 경험」에서 행의 끝에 사용된 빗금은 삭제하였고 대문자로 쓰인 철자들을 일반 대소문자 표기로 바꾸었다. 그밖에는 변경된 부분 없이 시를 옮겨 실었다.

책 2부는 페터 한트케가 바란 대로 《산책의 끝 Das Ende des Flanierens》에서 선별한 시들과 다섯 권의 공책들인 〈연필 이야기〉, 〈세계의 무게〉, 〈반복의 환상들〉, 〈아침, 암석 창에서〉 그리고 〈어제, 도중에〉에 써둔 시들로 구성되었다. 2부에 실린 시들의 순서는 페터 한트케가 직접 "믹스"한 대로 따른다. 두 번째 문헌학적 사항으로, 공책에서 옮겨온 시들은 시인이 조금 수정하거나 부분적으로 새로운 행을 덧붙이기도 한 것들이다.

3부 《지속의 시》는 1986년에 주어캄프 출판사에서 출간된 것과 똑같은 형태로 실었다.

4부의 《시 없는 삶 Leben ohne Poesie》은 시집 제목이기도 하고 《아직 소망이 쓸모 있던 시절 Als das Wünschen noch geholfen hat》에서 가져왔는데, 4부에 실린 시 세 편은 원래 순서와 반대로 배열했고, 그래서 시집은 한트케가 딸 아미나에게 바친 시 「시 없는 삶」으로 끝나게 된다.

지금 내 아버지의 정원에는 버섯들이 둥글게 흩어져 자라고 있다. 버섯신사들, 비밀위원회, 원 모양을 이루고 속삭이는 버섯들. 밤은 축축하고 물방울이 떨어진다. 하이네가 한트케를 반긴다. 한트케는 버섯들이 자라는 땅 높이까지 모자를 내렸다가 올리며 이렇게 말한다. "'신들의 먼 친척'이라는 시인들은 자신들의 시로 옹호를 받지요. 그런 시들에 대해선 아무리 미심쩍어도 삐딱한 말을 할 수가 없어요. 넝마와 시인들과 마리아가 진즉에 무덤 속에 묻혔다면, 시들은 더 참되게 잘 울릴 거요."

작고 따뜻한 버섯의 숨결, 아래쪽 집에서 들리는 찬성의 중얼거림.

오, 그래!

스윙이 인다, 시가 된다.

의견을 품은 딱한 영혼 몇이 울타리 앞에 서서 입을 멍하니 벌리고 구경하고 있다. 상한 냄새. 호박밭의 우산버섯? 할로윈 달걀?

바람이 분다. 시인들에게로 분다. 버섯들. 한트케－비트. 가을잎사귀들이 아버지나무에서 춤춘다. 엽맥 같은 빛의 실금. 빛의 시.

시 없는 삶

ISBN 979-11-89433-05-5 979-11-960149-5-7(세트)

초판 1쇄 인쇄 2019년 10월 17일 | 초판 1쇄 발행 2019년 10월 22일

지은이 페터 한트케

옮긴이 조원규

펴낸이 김현우

기획 최성웅

편집 서대경

디자인 Eiram

펴낸곳 읻다

등록 제300-2015-43호. 2015년 3월 11일

주소 (04035) 서울시 마포구 양화로11길 64, 401호

전화 02-6494-2001 **팩스** 0303-3442-0305 **홈페이지** itta.co.kr

이메일 itta@itta.co.kr

이 도서의 국립중앙도서관 출판예정도서목록(CIP)은 서지정보유통지
원시스템 홈페이지(http://seoji.nl.go.kr)와 국가자료공동목록시스템
(http://www.nl.go.kr/kolisnet)에서 이용하실 수 있습니다. (CIP제어번
호: CIP2019038496)

책값은 뒤표지에 있습니다. 잘못된 책은 구입하신 서점에서 바꿔 드립니다.